KB076099

# 중국식
# 룰렛

# 중국식
# 룰렛

은희경 소설집

창비

중국식 룰렛

K의 술집에서는 세종류의 위스키만을 팔았다. 씽글몰트로만. 다른 술은 없었다. 주문하는 방식도 여느 술집처럼 메뉴를 보고 고르는 게 아니었다. 손님이 자리에 앉으면 K는 황금색 액체가 반쯤 들어 있는 작은 유리잔 세개를 날라왔다. 세가지 술을 직접 한모금씩 마셔본 뒤 그중 하나를 선택하게 하는 것이다. 어떤 잔에 든 술이 12년산 스탠더드급이고 어떤 잔의 것이 21년산 스페셜 에디션인지 상표와 숙성연도는 말해주지 않았다. 주문을 받으면 K는 쎌러가 있는 주방 안쪽으로 들어가 병의 라벨을 볼 수 없도록 잔술로 따라 써빙했다. 술의 정체는 끝까지 불문에 부쳐졌다. 눈가리개를 벗은 뒤에 상표를 확인하는 블라인드 테스트와는 완전히 달랐다. 대체 왜 그런 짓을 하는지 모르겠지만, 상표가 무엇이 됐든 제 입맛대로

즐기면 그만이라는 게 그 집의 술 해석법이었다.

세종류의 술값이 모두 같다는 것 또한 짓궂은 발상이 아닐 수 없었다. 술맛에 대해 안다면 좋은 술을 싼값에 즐길 수 있지만 아니라면 자신의 행운을 시험하는 비용을 술값에 포함시켜야 했다. 그러나 그 선택 역시 쉽지 않은 일이었다. K의 술집 벽 하나를 차지하고 있는 몰트위스키만 해도 60종이나 되었고 쎌러에는 더 많은 술병이 있었다. 그 가운데에서 세종류를 골라 매일 다른 조합으로 내놓기 때문에 단골손님이라 해도 술의 정체를 알아내기란 녹록지 않았다. 결국에는 같은 돈을 내고 누군가는 싸게, 누군가는 비싸게 마시도록 돼 있었다. 사소한 수준이긴 하지만 K의 술집에서는 매일밤 행운과 불행이 발생하는 셈이었다. 무슨 속셈인지 이따금 K는 값비싼 30년산이나 수집품 수준의 빈티지 위스키를 섞어 내놓음으로써 그날밤 행운과 불행의 격차를 크게 벌려놓기도 했다.

나는 그처럼 일방적인데다 가격에서 결코 공정하다고 할 수 없는 술집이 문을 닫지 않는다는 게 정말로 이상했다.

더욱 이해할 수 없는 것은 K였다. 그에게는 시간이 얼마 남아 있지 않았다. 자신이 가진 것을 정리할 단계일지언정 탕진할 계제는 아니었다. 나는 때때로 K가 순전히 남의 운을 시험하는 재미로 술집을 계속하는 건 아닌지 의심마저 들었다. 여느 술집과 비슷하던 주문방식을 지금과 같이 바꾼 것도, 직접 바텐더 노릇을 하기 시작한 것도 그 때문이 아니었을까. 그러니까, 자신의 잔인한 운명에 대한 보복으로 말이다.

그날 꼭 술집에 들러달라는 K의 전화를 받았을 때 께름칙한 마음을 떨쳐버릴 수 없었던 것도 그런 이유에서였다. 그 무렵 나는 생애 처음으로 내게 등을 돌려버린 세상에 대해 일종의 적의를 품고 있었다. 아내가 우편으로 이혼서류를 보내왔고, 의료사고라고 주장하는 환자 가족과의 합의는 갈수록 난관에 부닥쳤다. 술에 취해서 입은 채로 쓰러져 자는 날이 많아지다보니 원장으로부터 근무태도에 대한 경고까지 받았다. 이 정도로 운 나쁜 상황이라면 K가 내놓은 세개의 술잔 중에서 보나 마나 가장 싸구려 술이 든 잔을 선택할 것만 같았다. 그것을 보며 K는 어떤 표정을 지을까. 오랜만에 K를 만날 일도 그리 내키지 않았다. K와 나에게는 불편한 시기가 있었다. 이제는 지나간 일이긴 하지만 집착의 다음 순서가 복수가 되지 말란 법은 없는 것이다.

격이 다른 수많은 술을 똑같은 값에 내놓고 직접 골라 마시게 하는 K의 게임. 거기에서 K가 손님들에게 기대하는 점도 바로 그것일지 모른다. 인간에게 아드레날린을 제공하는 데에 재미보다는 악의가 한 수 위일 테니까. 그리고 말 그대로 위스키가 '영혼'(spirit)이라고 불린다면 씽글몰트야말로 그중에서도 가장 정제된 형태이며, 순수한 영혼은 천사뿐 아니라 악마의 것이기도 하다. 그 점에서 나와 K는 첫눈에 같은 편임을 알아보았던 것이다.

## 게임의 성원

　병원 근처의 단골 바에서 저녁시간을 보낸 뒤 나는 자정이 가까워서야 K의 술집을 찾았다. 택시로 이십분쯤 걸리는 거리였다.

　홀 가운데의 테이블에서 손님 한 팀이 막 일어서는 중이었다. 카운터 뒤에 서서 카드 영수증을 발행하고 있던 K가 나를 발견하고 눈인사를 보냈다. 남아 있는 손님은 혼자 온 남자 둘뿐이었다. 구석 테이블 자리의 중년 남자는 고개를 앞으로 꺾은 채 묵직한 자루처럼 의자에 축 늘어져 있었다. 술잔 옆에 안경을 벗어놓은 걸로 보아 잠이 든 게 아닐까 생각하는 순간, 양쪽 어깨를 들어올리더니 긴 한숨을 내뱉었다. 또 한사람의 손님은 은회색 아르마니 양복에 에르메스 넥타이 차림의 말쑥한 젊은 남자였다. 혼자서 바를 차지하고 앉은 그는 한 손으로 턱을 받치고 다른 쪽 손가락으로 컵 속의 물을 찍어 탁자 위에 낙서를 하고 있었다. 나만큼이나 집에 들어가기 싫은 모양이군. 나는 속으로 중얼거리며 청년의 곁을 지나쳐 카운터로 다가갔다.

　K는 내게 악수를 청하며 싱긋 웃어 보였다. 어깨까지 내려온 갈색 머리와 오른쪽 귓불의 작은 귀고리, 호리호리한 몸매. 검은 스웨터 속에 받쳐 입은 차이나셔츠의 하얀 깃이 가톨릭 사제의 로만칼라처럼 보였다. 그것은 미소년 같은 그의 얼굴과 대비되어 어쩐지 금욕적인 분위기를 풍겼다. 마지막으로 만났을 때에 비해 안색은 훨씬 나빴다. 나는 악수를 풀며 말했다. 무슨 일인데 꼭 와달라

는 거야? K는 서두를 것 없다는 표정으로 천천히 몸을 돌리더니 벽을 가득 채운 술병 가운데 하나를 꺼내 탁자 위에 내려놓았다. 이제 가게 문 닫고 저도 마셔야겠군요. 제가 대접하는 거니까 술값은 없어요. 그 말은 술을 미리 준비해두었다는 뜻으로 들렸다. 나는 술병의 라벨을 보았다. 맥캘란 21년산. 불만이 있을 수 없는 술이지만 K가 일부러 초대할 만큼 귀한 물건은 아니었다.

저분들을 불러서 함께 마실 생각인데 괜찮죠? K가 턱으로 가리키는 대로 나는 늘어져 있는 중년 남자와 아르마니 청년에게 차례로 눈길을 주었다. 아는 사람이야? 아뇨. 새 위스키잔을 꺼내 하얀 리넨 천으로 튤립 모양의 주둥이를 정성스레 닦으며 K가 대답했다. 저쪽 구석의 테이블 손님은 보다시피 계속 마시는 중이고, 바에 있는 저 젊은 손님은 술도 안 마시면서 일어날 생각을 안하네요. 그런데 말이죠…… K의 한쪽 눈이 윙크하듯 가늘어졌다. 저 손님들에게는 한가지 공통점이 있어요. 그의 목소리는 나직하고 담담했다. 오늘밤에 특별한 위스키를 내놓았거든요. 저기 있는 두 손님만 그걸 선택했어요. 특별한 위스키? 네, 1972년산 글렌리벳 쎌러 컬렉션요.

가격은 121만원으로 매겨져 있지만 국내에 아홉병밖에 수입되지 않아 훨씬 높이 쳐주는 술이라는 말을 K로부터 들은 기억이 났다. 그런 빈티지를 술집에서 팔아치울 생각을 하다니, 더구나 스탠더드급과 같은 가격으로. 대단한 위악이거나 오만, 둘 중 하나라고 나는 생각했다. 더 설득력 있는 이유로는 장기 기증이라도 고려

해볼 단계에 이른 말기 환자라는 것도 있을 테지만, 선행이야말로
K와는 가장 동떨어진 이야기였다. 나는 바의 탁자 위에 위스키잔
네개를 차례차례 늘어놓는 K의 얼굴을 흘끗 보았다. 자, 성원이 되
었으니 게임을 시작할까요, 거의 그런 표정이었다.


## 위스키의 밤


"쎌러 컬렉션은 더 글렌리벳 사가 1972년 8월 24일 저장했다가,
삼십삼년 후 전세계에 이천병만을 출고한 스페셜 에디션이죠."

아르마니 양복의 청년은 '더'(the)를 강조해서 발음했다. 스코틀
랜드에 스무개나 되는 글렌리벳이란 이름 가운데 '더'를 붙일 수
있는 것은 스미스 가문뿐이라는 거였다. 최초의 정부 등록 증류소
를 갖고 있으니까요,라는 설명도 덧붙였다.

내가 맛본 글렌리벳은 공항 면세점에서 샀던 12년산 정도였다.
아내를 위해 샀지만 하룻밤 사이 나 혼자 한병을 다 비우고 말았던
기억이 났다. 그녀가 떠난 뒤의 어느날이었다. 그날 양주장에서 술
을 꺼내다가 안쪽에 아내가 따로 모아둔 씽글몰트 위스키병을 무
심히 세어보았다. 열여섯병. 공교롭게도 우리가 함께 산 햇수와 똑
같았다. 아내가 내려놓고 간 밀봉된 시간의 단위처럼 느껴졌다고
나 할까. 그 순간 그녀는 이제 돌아오지 않는다는 걸 확실히 깨달
았다. 그리고 그날부터 한병에 일년씩의 시간을 지워나가는 기분

으로 아내의 술을 마셔 없앴다. 아내의 컬렉션 중에는 귀한 술도 몇병 있었다. 거기에는 손을 대지 않았다. 어쩐지 그 병들은 우리의 십육년 중에 최고의 시절을 담고 있는 듯 여겨졌기 때문이다.

"더 글렌리벳 12년산은 미국 내에서 판매 1위예요. 하지만 삼억 미국인 중에 1972년 쎌러 컬렉션을 맛본 사람은 극소수일걸요."

아르마니 청년의 말을 듣는지 안 듣는지 중년 남자는 팔짱을 낀 채 검은 안경테 너머로 눈을 감고 있었다. 술병으로 가득 찬 벽을 등지고 서 있는 K 역시 앞에 앉은 세사람을 흥미롭게 바라볼 뿐이었다. 우리 셋은 검은 안경테의 중년 남자, 아르마니 청년, 나의 순서로 앉아 있었다. 잠시도 가만히 두지 못하는 아르마니 청년의 손을 바라보며 나는 그에게 그 술이 쎌러 컬렉션인지 알고서 선택했는지 물어보았다.

"마셔본 적도 없는 술인데, 맛만 보고 뭔지 어떻게 알아요."

뜻밖에도 청년의 대꾸는 퉁명스러웠다. 위스키에 대한 자신의 식견을 의심받은 것 같아 불쾌한 모양이었다. 그러나 선택의 비결만은 기꺼이 설명해주었다.

"셋 중에서 나머지 두종류가 아는 술이었어요. 글렌피딕 12년하고 하일랜드 파크 18년이더라구요. 그 둘이 좀 평범한 술이니 나머지 하나가 비싼 술이겠구나 싶었거든요. 확실히 아니다 싶은 걸 먼저 제껴버린 다음 그 나머지에서 머리를 굴리는 게 찍기의 요령이죠."

나는 글렌피딕과 하일랜드 파크를 가릴 수 있는 것도 간단한 일은 아니라고 생각했다. 하지만 굳이 질문을 던져 청년과 대화를 이어가고 싶은 마음은 없었다. 그러거나 말거나 아르마니 청년은 손가락 두개를 마주 비틀어 딱 소리를 내더니 자신의 가족사까지 털어놓기 시작했다.

"아버지가 직업군인이세요. 가족과 떨어져서 혼자 부임지를 돌아다니셨죠. 강원도, 전라도, 경상도, 안 가신 데가 없어요. 소주가 유일한 낙이었대요. 그러다보니 경월, 보배, 보해, 금복주, 무학…… 전국의 소주 맛을 귀신같이 구별하셔요. 아버지한테는 못 미치지만 저도 혀 하나만큼은 아버지를 닮았어요."

무슨 생각이 들었는지 청년은, 근데 아버지도 마셔봐서 아는 거지 안 마셔본 술을 무슨 수로 맞혀,라고 중얼거린 뒤 갑자기 낄낄 웃었다. K가 말없이 술병을 들어 아르마니 청년의 잔을 채웠다. 병의 라벨을 본 청년은 지그시 눈을 감고 향을 맡은 뒤 한모금 마셨다. 그러고는 또 논평을 늘어놓았다.

"이 맥캘란은 부드럽긴 한데 파워가 약해요. 장미와 시나몬향도 좀 식상하고. 셰리 오크통만 고집해서 그런 걸까요? 저 같으면 맥캘란보다 차라리 발베니를 택하겠어요. 그건 '더블우드'라고 버번과 셰리 오크통에서 번갈아가며 숙성시키거든요. 앗, 잠깐만요!"

아르마니 청년이 급히 한 손으로 검은 테 중년 남자의 팔을 붙잡았다. 술이라도 쏟은 줄 알았지만 다음 순간 아르마니 청년은 나머지 한 손으로 친절하게 술잔 쥐는 손 모양을 교정해주었다.

"브랜디라면 잔을 손으로 감싸쥐어야겠지만 위스키니까 이렇게 스니프터의 굽을 잡으셔야죠. 그리고 주둥이에 입을 댔을 때 아랫입술이 유리에 착 밀착돼야 해요. 향기를 입안에 가두는 느낌으로요. 그런 다음 술이 식도를 따라 내려갈 때 숨을 자연스럽게 뱉어보세요. 그때가 하이라이트인데, 향이 코끝까지 올라오는 기분을 느껴봐야죠. 삼키고 나서 위장 속으로 떨어지는 뒷맛, 그것도 빼놓으면 서운하고요. 이런 위스키를 스니프터에 마시지 않고 스트레이트잔에 따라서 단숨에 마셔버리는 건 한마디로 씽글몰트에 대한 결례예요."

팔을 붙잡힌 검은 테의 중년 남자는 어리둥절한 표정으로 고개를 돌려 청년을 바라보았다. 내 눈에 검은 테 남자의 얼굴이 정면으로 들어온 것은 처음이었다. 아르마니 청년은 남자를 상대로 본격적인 위스키 강의를 늘어놓기 시작했다.

"국민소득이 높아질수록 처음에는 와인 소비가 늘지만 그다음 단계는 씽글몰트 위스키죠. 위스키는 이렇게 물과 함께 마시는 게 가장 좋은 방법이에요. 물이 섞이면 위스키가 숨을 쉬기 시작해서 향이 더욱 살아나거든요. 온더록스로 마시면 처음에는 시원할지 몰라도 얼음이 녹은 다음에는 향을 제대로 느낄 수가 없어요."

청년의 말이 이어지는 동안 검은 테 남자는 눈을 내리깔고 귀를 기울이는 척 가만히 있었다. 하지만 전혀 듣지 않는 게 분명했다. 남의 눈을 똑바로 보지 못하는 불안한 표정과 한 손을 가슴 위에 얹고 심박동을 다스리는 남자의 몸짓은 패러노이드 증상처럼 보였다. 그것 때문이었을까. 어디선가 본 듯한 남자라는 생각이 스쳐갔다.

강의를 마친 아르마니 청년이 진짜 강사처럼 검은 테 남자에게 질문을 던졌다.

"자, 그럼 아저씨는 어떻게 해서 더 글렌리벳을 선택하셨죠? 그냥 우연히?"

"글쎄…… 나는 술이 필요했고, 그래서 한잔 달라고 한 것뿐인데……"

내 예상대로 남자의 목소리는 느리고 기운이 없었다. 그다지 취한 것 같지는 않았지만 뭔가 낙담한 사람의 말처럼 들렸다. 한숨짓는 버릇 때문이었는지도 모른다.

"아저씨 진짜 운 좋으시네요. 귀한 술인데 맛본 것만 해도 어디예요."

"그건 그쪽도 마찬가지 아닌가?"

"그건 그렇지만, 저는 운은 별로 믿지 않아요. 제 경우는 운이 좋아서가 아니라 노력의 결과죠. 다행히 머리는 나쁜 편이 아니라서요."

"나는 운을 믿어."

검은 테 남자는 다짐이라도 하듯이 희미하게 고개를 몇번 끄덕였다.

"왜냐하면 나라는 인간은 지지리도 운이 없는 인간이거든. 그래서 늘 행운을 기다리지. 안 믿으면 그나마도 안 올 것 아닌가."

술잔을 입으로 가져간 검은 테 남자는 남아 있던 술을 단숨에 털어넣었다. 아무렇게나 감싸쥐었던 잔을 탁자 위에 무심히 내려놓

는 것으로 보아 술의 향을 입안에 가두는 일 따위에는 관심조차 없
는 듯했다. 아르마니 청년의 얼굴에 실망과 함께 비아냥대는 표정
이 떠올랐다.

"'행복공감' 말인가요?"

"그게 뭔데?"

"로또복권이라도 살 거냐고요."

남자는 역시 기운 없는 동작으로 고개를 저었다.

"운 없는 인간이 착실하기라도 해야지 헛된 꿈을 꾸어서야 쓰겠
어?"

우리 아버지도 늘 하시는 말씀이에요, 아르마니 청년이 들릴 듯
말 듯 또 한번 빈정거렸다.

K가 술을 따르자 검은 테 남자는 몸에 밴 태도인 듯 반사적으로
두 손을 내밀어 잔을 잡고 정중하게 술을 받았다. 대단히 좋은 술
이군요,라고 인사치레를 하기도 했다. 그런 다음 시선을 여전히 아
래로 내리깐 채 아르마니 청년에게 말했다.

"나는 자동차 부품을 납품해서 그럭저럭 먹고는 살아요. 이나마
사는 데에 감사하지 않으면 그 운마저 날아가버릴까봐 겁을 내는
것뿐이오. 잔소리로 들렸다면 미안하군. 운 없는 인간의 푸념 정도
로 흘려들으면 될 거요."

"저도 별로 운 좋은 놈 아니거든요."

검은 테 남자가 고개를 돌려 청년을 한번 훑어보았다. 젊은 나
이에 아르마니 양복을 입고 씽글몰트 위스키를 즐기면서 운 좋은

사람이 아니라고 하면 누가 운 좋은 사람이란 말인가,라는 눈길이었다.

"그럼 운 나쁜 게 뭐라고 생각해요?"

"찌개 속에 든 건더기가 고기인 줄 알고 건져 먹었는데 된장 덩어리였다거나, 맥주캔을 흔들어보니 소리가 나길래 들이켰는데 담배꽁초가 들어 있었다거나, 그런 거 아니구요. 저도 삼년 동안 리니지한 거 해킹 맞고 하나도 복구 못 받았을 때, 진짜 운도 더럽게 없다는 생각이 들었거든요."

"마누라 몰래 집 담보로 보증 서준 선배가 사기꾼이었고, 의사가 건강하다고 해서 낳았는데 죽은 아기였지."

검은 테의 중년 남자는 담담하게 말을 이어갔다.

"보험이 만료된 바로 그날밤 눈길에서 자동차가 세바퀴 굴렀고, 최대한 빚을 내서 자재를 들여놓았는데 공장에 불이 나버렸어. 제대해보니 사랑했던 여자는 나 없는 동안 돌봐주겠다던 절친한 친구와 약혼을 했더군. 학생 때는 커닝했다는 누명을 쓰고 시험장에서 쫓겨나는 바람에 원하던 의대가 아니라 지방대 공대에 가야 했고. 다 내 운명을 바꿔놓은 일들이오. 내가 원하는 대로 된 건 하나도 없어."

한번 입을 떼자 검은 테 남자의 입에서는 말이 술술 쏟아졌다. 얼굴에는 불안과 적대감이 번갈아 나타났다. 순간 내 머릿속에 남자를 어디에서 보았는지 기억이 떠올랐다. 바로 그날 저녁, 단골 바가 있는 호텔의 1층 프런트에서였다. 객실 수속을 하고 있는 남자에게 시선이 멎은 것은 유난히 불안한 그의 태도 때문이었다. 가방은 갖고 있지 않았고 차림새로도 여행자는 아니었다. 자꾸만 고개를 돌려 엘리베이터 쪽을 확인하는 걸로 미루어 동행이 있는 것 같았다. 그 남자가 틀림없었다. 여성과 함께 특급 호텔에 은밀히 방을 잡는 중년의 사업가 또한 지지리 운 나쁜 사람이라고 할 수는 없는 것 아닐까. 나는 조금 전 남자가 아르마니 청년에게 하듯 그를 잠깐 훑어보았다.

검은 테 남자의 잔이 비자마자 K가 다시 술을 채웠다. 나는 어쩐지 K가 술병을 비우는 데에 신경을 곤두세우고 있다는 느낌을 받았다. 우리가 한잔 마실 때마다 반응을 살피는 눈치였다. 술자리를 빨리 끝내고 싶은 것일까. 아니면 혼자서 무슨 게임을 즐기고 있는지도 모를 일이었다. 술병을 앞에 놓고 잔이 빌 때마다 한잔씩 채워가며 서 있는 모습은 패를 나눠주고 베팅을 지켜보는 카지노의 딜러를 연상시켰던 것이다. 능숙한 손놀림으로 패를 거두고 다시 나누는 동안에도 딜러는 손님의 모든 것을 하나도 놓치지 않는 법이다.

라스베이거스의 카지노에서 아내와 룰렛 게임을 하던 밤이 기억났다. '노 모어 벳!'이라는 외침에 이어 휠이 돌아가기 시작했다. 검정과 붉은 색깔이 어지럽게 섞이며 요란한 소리와 함께 공이 회전판 위를 이리저리 굴러다녔다. 아내는 피곤한 표정으로 공을 바라보고 있었지만 다른 생각에 골몰한 것 같았다. 칩을 모두 깨끗이 날려버린 뒤까지도 테이블에 멍하니 앉아 있었다. 초록색 펠트 천이 깔린 탁자에 몸을 약간 기댄 채 고개를 비스듬히 기울이고 한쪽 팔꿈치를 세워 손가락으로 탐스러운 갈색 머리를 무심히 넘기고 있던 아내의 옆모습을 나는 영원히 잊을 수 없을 것이다. 소매 없는 푸른색 새틴 원피스 옆으로 힘없이 늘어뜨린 한쪽 팔이 유난히 희고 무기력해 보였다. 그때 이미 나와 헤어질 생각을 하고 있었던 게 틀림없었다.

뭔가 생각에 잠겨 있던 검은 테 남자가 불쑥 입을 열었다.

"실례가 안된다면, 제 이야기를 좀 해도 될까요."

나를 향해 하는 말이었다.

"누구에겐가 털어놓지 않고는 견딜 수 없는 기분이라서. 죄송합니다."

남자의 신세 한탄이 길어질까봐 경계심이 들긴 했지만 나는 고개를 끄덕였다. K는 계속해서 술을 내올 분위기였고, 달리 할 일이 있을 리 없었다. 게다가 이상할 만큼 술맛이 좋았다.

"저한테 행운이 아예 없었던 건 아녜요. 근데 저는 행운이 찾아와도 왠지 불안해져요. 제 행운은 끝에 가면 언제나 불행으로 이어졌거든요. 그럼에도 지금 저는 간절히 행운을 바라고 있어요. 그러니까, 남자로서의 행운이라고나 할까요."

검은 테 남자는 자세를 바로 하더니 양복 주머니를 더듬었다. 담배를 끊은 지 얼마 안된 것 같았다. 대신 술잔을 들어 목을 축인 뒤 긴 이야기를 시작하는 신호라도 되는듯이 길게 한숨을 내쉬었다.

"한달 전에 제 친구 하나가 죽었습니다. 뇌경색이라더군요."

## 남자의 행운

장례식장에 갔다가 지금은 친구의 아내가 되어 있는 옛 여자를 십오년 만에 만났어요. 죽은 친구, 그 여자, 저, 그 여자의 남편, 모두 젊을 때 함께 어울려 다니던 사이였죠. 남자 셋 모두가 그 여자를 좋아했어요. 처음엔 죽은 친구의 여자친구로 우리와 어울리기 시작했는데, 얼마 안 가 저하고 데이트하는 사이가 되었죠. 하지만 결혼은 또다른 친구와 했어요. 지금의 남편 말이에요. 실은 저하고는 잠깐이었어요. 친구의 여자를 가로챘다는 생각에 제 태도가 좀 어물쩍하긴 했는데, 결국 더 큰 배신을 당한 겁니다. 저는 환승역인 셈이었으니까요. 하지만 그것을 떠나, 저는 정말로 그 여자를 사랑했기 때문에 충격이 컸어요. 뭐 지금은 그럭저럭 아내와 잘 지내지만 당시에는 그 여자를 잃고 더이상 살고 싶지가 않을 정도였죠. 아무튼 그런 여자를 십오년 만에 만났는데 글쎄, 다음에 만나 술 한잔 사달라고 하는 게 아닙니까? 그야말로 꿈이냐 생시냐였죠. 일주일쯤 뒤에 만났어요. 술에 취해서는 또 뭐라고 한 줄 아세요? 한번 같이 자달라는 거예요. 세상에. 다른 여자도 아니고 평생 잊지 못해 열망해왔던 여자가 말이죠.

내가 듣기로 남편과 사이도 좋고 가정도 별문제 없이 안정된 편이었어요. 바람기가 있다거나 무책임한 여자는 절대 아니었고요. 그리고 우리 세 남자 모두 아는 사실인데, 결혼 전까지 처녀였어요.

그런 여자가 왜 남편 아닌 남자와 자고 싶어할까 그 속내가 궁금했지만, 실은 왜 하필이면 나인지가 더욱 궁금하더군요. 나와의 관계를 원하는 것인지 단지 다른 남자를 원하는 것인지, 남자라면 당연히 그런 생각을 하겠지요. 물론 그런 걸 묻고 또 대답하는 동안 행여 마음이 바뀔까봐 조마조마했지만 말입니다.

그 여자는 이렇게 말하더군요. 남편과 관계를 하고 나면 항상 그런 생각이 든다고요. 왜 이런 단조롭고 평범한 일을 남편 아닌 사람과 해서는 안된다는 걸까, 그랬다는 거예요. 그저 취향이 좀 덤덤해서 그런 건지 아니면 어느 한쪽에 문제가 있었는지 그건 잘 모르겠어요. 여자들이 흔히 그러듯이 섹스에 대해 약간 환상을 품었을 수도 있고요. 얼마 안 가 폐경이라고 생각하니 이 정도가 끝인가 하는 허무한 마음까지 들었던 모양이에요. 평생 한 남자하고만 잤다는 사실이 세상을 오해하게 만든 점은 없었을까, 내가 아는 세상이 다가 아니라면 무엇이 다른지 혹은 다르지 않은지 알고나 살아야 하지 않을까. 그래서 다른 남자와 자봐야겠다는 결심을 했는데, 도저히 적당한 상대를 찾을 수가 없었다고 하더군요. 어쨌거나 마음이 내킬 만한 상대여야 하는데다 또 거절당할 염려도 적고 감정에 휘말릴 가능성도 없고 뒤를 책임지지 않아도 되는 하룻밤 남자여야 할 것 아니겠어요. 그러던 중에 친구의 부음을 듣고서 저를 떠올린 거죠. 장례식장에 가면 만날 수 있을 것 같았답니다. 젊은 남자를 찾고 싶었을지도 모르지만 방법도 모르고 또 한두번 경험만으로 끝낼 수 있는 상대라고 하기에는 여러면에서 아무래도 좀 위험하니까요. 제가 기대한 대답과는 거리가 멀었지만 그 말을 들으니 솔직히 제 입장에서도 안전하겠다는 생각은 들더군요.

일단 놀라움이 지나자 그때부터는 내게 닥쳐온 행운에 도저히 흥분을 감출 수가 없었습니다. 그야말로 이게 웬 떡입니까. 미안합니다. 그 여자를 두고 저속하게 말할 생각은 눈곱만치도 없어요. 그 정도로 감격했다는 얘기지요. 이튿날 곧바로 충치를 치료하기 시작했고, 발모제도 바르고 뱃살을 빼기 위해 피트니스 클럽에 등록도 했어요. 사철탕과 삼계탕으로 번갈아 보신을 하고, 그리고 아내 몰래 정력제라는 것도 구해서 먹었습니다. 입냄새가 신경 쓰여 담배까지 끊었으니까요. 그 여자는 여유있게 살아온 덕분인지 나이보다 열살은 젊어 보이고 여전히 매력적이었기 때문에 남자로서의 저를 새삼 긴장시켰어요. 잠자리에서 일어날 만한 다른 문제는 없을 것 같았죠. 자연스럽게 남녀의 분위기를 만들어가는 게 가장 어렵더군요. 친근감을 되찾는 데까지는 어렵지 않았는데, 섹스를 할 만한 단계까지 가까워진다는 건 쉬운 일이 아니었어요. 게다가 그걸 전제로 만나는 셈이니 어쩐지 서먹하고 조심스럽고 또 금방 어색해지곤 했죠. 아마 술이 없었다면 용기를 내는 데 더 오래 걸렸을 겁니다. 우리는 호텔에 방을 예약해두고 일단 스카이라운지에서 함께 한잔 마신 다음 객실로 내려가기로 했지요. 다행히 그 여자는 위스키를 잘 마셨습니다. 씽글몰트를 꽤 좋아하더군요.

## 여자 손님

"그 씽글몰트가 뭐였는데요? 여자들은 대개 달위니를 좋아하죠. 이 맥캘란도 순한 편이지만 달위니는 꿀과 과일향이 더 부드럽거든요."

아르마니 청년이었다.

"지금 손님이 마시는 술은 맥캘란이 아니에요."

K가 오랜만에 입을 열었다.

"아까 글렌피딕과 하일랜드 파크라고 하셨는데, 그것도 아니었어요. 글렌모렌지 10년하고 글렌피딕 18년이었죠."

"아, 글렌모렌지였군요. 어쩐지…… 본고장 스코틀랜드에서 판매 1위인 글렌모렌지 10년을 깜빡했네요. 원래 위스키는 12년은 돼야 하는데 글렌모렌지는 10년 숙성으로 맛을 냈죠."

"10년산은 맥캘란과 라프로익에도 있어요."

"잠깐만요."

아르마니 청년은 트집을 잡는 듯한 표정으로 오른손 엄지와 중지를 돈을 세듯 빠르게 비벼대기 시작했다.

"지금 마시는 술이 맥캘란이 아니라면 그럼 뭐죠?"

"브랜드를 말하지 않는 것, 저희 가게 규칙 아시잖아요."

"왜 술을 다른 술병에 옮겨 담는데요? 술맛이 완전 딴판일 텐데."

"저대로의 방법이 있습니다. 술맛을 지키는 건 주인 소관이죠."

K는 아르마니 청년의 반격을 가볍게 따돌렸다. 그러고는 검은
테 남자에게 말을 건넸다.

"지난주에 여자 손님과 함께 오셨었죠?"

남자의 눈이 약간 크게 떠졌다.

"모든 손님과 동행들을 다 기억하는 건 아닙니다. 특별한 손님만
기억하는 거죠. 세가지 술 중에 가장 비싼 술을 고르는 손님은 일
단 기억에 남으니까요. 더구나 언제나 가장 비싼 술만 고르는 분은
흔치 않아요. 물론 장사에는 전혀 도움이 안되는 손님이란 거 알고
계시죠?"

말을 마친 뒤 갑자기 K가 고개를 돌려 잠시 내 얼굴을 똑바로 바
라보았다. 나는 불현듯 의아한 기분에 사로잡혔다. 의아함은 천천
히 당혹감으로, 그리고 불안으로 바뀌어갔다. K가 왜 나를 불렀는
지 그때까지도 알지 못하고 있다는 사실이 퍼뜩 떠올랐다. K는 먹
잇감에 집중한 조용한 맹수처럼 검은 테 남자에게서 눈을 떼지 않
고 있었다. 목소리도 나직했다.

"그날은 특별히 카듀, 라가불린, 그리고 맥캘란 21년을 내놓았
죠. 제 기억이 맞는다면 여자 손님은 라가불린을 주문하셨어요. 평
소 좋아하는 술이라면서."

"그 술 이름이 라가불린인 줄은 몰랐는데."

"라가불린은 바닷바람에 건조시킨 이탄(泥炭)의 훈연향이 일품
이에요. 아무래도 맥캘란은 셰리주를 담았던 오크통을 쓰기 때문
에 향이……"

K가 아르마니 청년의 말을 끊었다.

"셰리 오크에서만 숙성시키는 게 아닙니다. 버번 오크도 있고, 파인 오크도 있어요."

정중하지만 싸늘한 말투였다. 마치 칩을 모두 잃고 구경만 하는 도박꾼에게 은근히 퇴장을 요청하는 카지노 딜러 같았다. 두 사람의 말이 오가는 동안 검은 테 남자는 의심스러운 얼굴로 계속해서 K를 바라보고 있었다.

"그런 것까지 기억하다니 기분이 좋진 않군요."

"죄송합니다. 하지만 손님들이 어떤 술을 고르는가, 그걸 빼고는 관심도 없고 아는 것도 없으니 안심하세요. 호기심이 많은 사람은 바텐더로는 실격이거든요. 그 여자 손님이 이야기 속의 여자분과 같은 분인지 아닌지 제가 알 필요도 없는 일이고요."

나는 복잡해진 머릿속을 정리하기 위해서 술잔을 끌어다가 입술을 축였다.

라가불린은 아내가 가장 좋아하는 위스키였다. K는 아내를 직접 만난 적이 없다. 그러나 나에 관해서라면 모든 것을 알고 싶어했던 그가 아내의 생일마다 주문을 부탁했던 술을 기억하지 못할 리 없었다. 그래서 나를 이 자리에 부른 것일까. 아내가 남자와 함께 자신의 술집에 나타났다는 걸 알려주려고? 물론 라가불린을 좋아하는 여자가 세상에 아내 혼자일 리는 없다. 하지만 때로 공교로운 운명은 악의를 감추기 위해 우연을 가장하고 모습을 드러내는 법이다.

만약 검은 테 남자의 옛 애인이 아내와 동일인물이라면 나는 그에게서 애인을 빼앗은 젊은 시절 친구가 되어야 한다. 불가능한 일이다. 그렇지만 K가 암시한 대로 술집에 나타난 여자가 이야기 속의 여자와 다른 사람이라면, 혹은 검은 테 남자의 이야기에서 친구 부분만 지어낸 거라면 상황은 달라진다. 그가 겉보기와 달리 위스키에 밝은 것처럼 거짓말에도 능한 사람일 수 있는 것이다. 만약 그렇다면 K의 속셈도 궁금했다. 계획적으로 나와 검은 테 남자를 만나도록 한 것일까?

K는 아내가 내 곁을 떠난 데에 자신의 책임이 있다는 걸 모르지 않았다. 그가 라스베이거스까지 뒤따라와 나를 불러내지 않았다면 아내는 그토록 취하지 않았을 것이고 카지노까지 나를 찾으러 오지도 않았을 것이다. 그리고 훗날 그녀가 털어놓았듯이 내 어깨에 머리를 기대고 있는 K의 행복한 표정을 보자마자 도망치듯 곧바로 호텔방으로 돌아와 짐을 꾸리지도 않았을 것이다. 나와 K가 온종일 카지노에 머물렀던 그 하루가 그녀에게 너무나 긴 시간이었다는 것을 나는 아내가 떠난 뒤에야 깨달았다.

검은 테 남자는 다시 이야기를 시작했다. 나는 아르마니 청년의 등 뒤에서 표정을 숨기고 남자를 바라보았다. 알 수 없는 불안으로 가슴이 답답해져오는 걸 느꼈지만 귀를 기울이지 않을 수 없었다.

## 남자의 불운

적당한 시간이 되었다고 생각했을 때 우리는 스카이라운지에서 일어났습니다. 객실로 가는 엘리베이터 안에서 저는 여자에게 입을 맞췄어요. 그렇게 하는 편이 다음 일을 쉽게 만들어줄 것 같았거든요. 여자는 저항하지 않았지만 원하는 것 같지도 않더군요. 그것이 저를 조금 초조하게 만들었어요. 엘리베이터 문이 열리자마자 약간 거칠게 여자의 손목을 잡고 나갔던 건 그런 행동이 여자를 흥분시킬 거라는 계산이 있었기 때문이죠. 여자는 끌려오듯 걸음을 옮겼지만 막상 방문 앞에 이르러 카드키를 꽂았더니 자기가 먼저 문을 열고 들어가더군요. 실내에 마주 서 있는 순간이 민망했는지 곧바로 욕실로 들어갔고요. 오래 씻는 것 같진 않았어요. 나왔을 때는 화장도 그대로였고 머리카락도 끝만 약간 젖어 있을 뿐 샴푸는 안한 것 같았어요. 입고 들어간 그대로 옷도 갖춰 입었고. 저 역시 이미 오후에 싸우나에 가서 목욕을 깨끗이 마친 상태라 욕실 안에서는 간단히 준비만 했죠. 그다음이 가장 어색하더군요. 더이상 준비할 것도 없고 꾸물거릴 핑계도 없었으니까요. 하지만 분위기가 긴장돼 있어 나부터가 내키지가 않았어요.

미니바를 열었죠. 가볍게 맥주를 마시고 싶었지만 분위기를 위해서는 와인이 나을 것 같더군요. 여자가 유리잔을 찾아 욕실에 가서 씻어 왔어요. 얼굴이 살짝 붉어져 있었는데 부끄러움을 타는 것인지 후회하고 있는 건지, 아니면 가정주부 같은 자신의 행동이 적절하지 않았다고 생각했는지 그건 모르겠어요. 술잔을 들었지만 입술만 적시고 마시지는 않더군요. 그 바람에 입술에 붉은 와인이 묻었어요. 근데 그걸 살짝 혀로 핥더니 갑자기 그대로 입술을 질끈 깨물어버리는 거예요. 이번에는 자신의 행동이 지나치게 적절해서, 그러니까 어설픈 유혹 같아서 그랬던 걸까요? 아무튼 다음 순간 여자는 자리에서 벌떡 일어났죠. 에라 모르겠다, 하고 드디어 행동으로 나오든지, 안되겠어요, 이러면서 다시 구두를 찾아 신든지 뭐가 됐든 진전이 있겠지 싶었어요. 하지만 탁자 위에 풀어놓았던 목걸이와 시계를 집어 핸드백 안에 넣고는 그냥 돌아와 의자에 앉더군요. 핸드백 지퍼를 여닫을 때 나는 그 안에 레이스 잠옷 같은 종류의 옷이 들어 있는 걸 얼핏 보고야 말았습니다. 여자도 우리의 섹스를 위해 이런저런 기대와 궁리를 했다는 거죠. 그걸 보니 은근히 화가 났어요. 레이스 속옷까지 준비해 왔으면서 뻣뻣하게 구는 건 뭔가. 덕분에 내 아랫도리는 잔뜩 풀이 죽어 있고 말이에요. 솔직히, 같이 자자고 제안한 건 여자 쪽이고 나는 어디까지나 협조자란 생각도 들더라고요.

침묵 속에 와인잔만 만지작거리고 있는 여자에게 내가 말을 걸었어요. 위스키만 좋아하고 와인은 잘 안 마시느냐고 반말로 물어봤죠. 여자는 아무 말 없이 고개를 들어 나를 바라보더군요. 여자와 눈이 마주치니 다시 가슴이 떨려왔어요. 그래서 또 말을 걸었지요. 위스키 중에는 뭘 제일 좋아하느냐고요. 라가불린, 이 한마디뿐이더군요. 참, 그러고 보니 아까 여자들이 라가불린을 좋아한다는 말이 맞나보네요. 그게 아니라 달위니라고 했나? 아무튼 내가 여자한테 그랬죠. 그 술은 맛이 어떤 술이냐, 달콤한 맛이냐 거친 맛이냐, 스모키향이냐 바닐라향이냐 장미향이냐…… 너스레를 떨면서 긴 대답을 유도해본 겁니다. 그랬더니 여자는 좀 드라이해요, 하고 이번에도 딱 한마디 하더라구요. 대체 얼마나 거친 인생을 살아왔기에 술 전문가가 된 거냐, 슬쩍 농담까지 시도했어요. 그런데 그때 여자의 표정이 약간 샐쭉해지더니, 반드시 무슨 사연이 있어서 술을 마시는 건 아니라고 대꾸하는 게 아니겠어요. 괜히 사생활을 캐물은 것 같아 당황했고 여자의 기분이 안 좋아질까봐 그것도 불안하더군요. 혹시 내가 그 여자 인생이 불행하다거나 남자한테 굶주린 것으로 오해하고 있다고 생각하지나 않을지 진땀이 났고요. 다시 무거운 침묵이 감돌았습니다. 나는 평소 같으면 넥타이를 풀어놓고 마음 편히 혼자서 씽글몰트 위스키를 마시곤 하는 이런 금요일 저녁시간에 왜 이런 스트레스를 받으며 마음을 졸이고 있는지 순간 짜증이 났습니다.

그래도 포기할 수는 없었지요. 그 여자는 내가 평생 그리워해온 여자이고, 더구나 그런 여자의 요청으로 함께 호텔방까지 들어왔는데 그냥 나갈 미친놈이 어디 있겠어요. 마지막 강수를 두었어요. 자리에서 일어나 무조건 여자의 손을 잡고 침대로 끌었습니다. 여자의 몸은 비 온 뒤에 모래밭의 잡초가 뽑히듯이 쉽게 끌려왔어요. 내가 한 손으로 침대 시트를 젖히자 잠깐만요, 하면서 스탠드 등을 바라보기에 나는 냉큼 가서 불을 껐지요. 어둠속에서 여자가 옷을 벗기 시작했고 나도 벗었습니다. 침대 속에서 처음 닿은 여자의 몸은 손이었어요. 옆으로 누운 채 두 손을 앞으로 나란히 뻗고 있더군요. 집 안에 바람이 들이치지 못하도록 두 손으로 문을 밀고 있는 사람처럼 말이죠. 나는 빗장을 푸는 기분으로 최대한 부드럽게 그 손을 아래로 내리고 알몸을 밀착시켰습니다. 아직 여자는 차가웠지만 내 몸은 뜨거워지기 시작했어요. 팔을 둘러 여자를 감싸 안았어요. 여자는 숨을 죽이고 가만히 있더군요. 나는 베개에 파묻혀 반만 드러난 여자의 입술에 입 맞추면서 몸을 더듬기 시작했습니다. 손에 닿는 대로 먼저 브래지어 고리를 벗겨 풀고 그 아래쪽으로 내려갔더니 여자가 다리를 구부려 스스로 팬티를 벗더군요. 여자의 알몸이 닿는 순간 내 심장 뛰는 소리가 내 귀에까지 들렸습니다. 아, 이 여자를 내가 안는구나. 십오년 동안 잊지 못한 여자를. 나는 과감히 한쪽 다리를 들어 여자의 허벅지를 꼭 감싸고 힘을 주어 조였지요. 그 순간 발기가 안됐다는 걸 깨달았습니다. 가운데가 묵직하지 않고 허전하더군요. 그다음은 누구나 짐작할 수 있는 그대로입니다. 여자가 눈치채지 못하도록 핑계를 대면서 화장실을 들락날락 애를 써봤지만 허사였어요. 얼마나 당황하고 다급했던지 결국 방을 나와 엘리베이터에 탄 뒤에야 정신이 좀 들더군요.

엘리베이터가 움직이기 시작하자 여자가 차를 지하 주차장에 두었다고 하면서 B2 단추를 누르더군요. 명백한 작별인사였죠. 할 수 없는 일이었어요. 게임은 아니지만 어쨌든 딜은 그녀가 하는 것이니까요. 실내에 있을 때는 몰랐지만 바깥 날씨는 잔뜩 찌푸려 있었습니다. 비를 뿌릴 것 같은 습기 찬 바람이 고층 건물과 가로수 사이를 급히 빠져나갔어요. 퇴근시간의 러시아워가 풀리지 않아 거리는 귀가를 서두르는 사람들로 분주했고요. 그들 사이에서 나는 마땅히 갈 곳을 생각해내지 못한 채 무턱대고 걸음을 옮겼어요. 이렇게 이른 시각에 호텔을 나올 것이라고는 전혀 예상하지 못했거든요. 그 생각을 하니 화가 치밀었습니다. 이번에도 결국 행운이 불운으로 끝나버렸으니까요.

## 인턴사원

"아저씨 알고 보니 은근 선수신데요."

입을 뗀 아르마니 청년은 또다시 위스키 쪽으로 화제를 몰아가기 시작했다.

"글렌피딕 50년산이 아깝게 유찰된 셈이라고 할까. 씽글몰트 중에 가장 비싼 위스키 말이에요. 8500만원이라는 엄청난 가격으로 경매에 나왔다가 유찰됐죠. 뭐, 파는 게 목적이 아니라 상징성과 홍보 차원에서 하는 일이지만요. 8500만원은 좀 심했나요? 그럼 맥캘란 60년산으로 해둘까요. 3700만원이라죠? 미국 애틀랜틱시티의 올드 홈스테드 스테이크 하우스에 가면 한잔에 320만원에 마실 수 있다고 하던데요."

아무도 청년의 말에 주의를 기울이지 않았다. 나는 거의 고통스러운 기분으로 검은 테 남자에게 물었다.

"다음 기회가 또 있는 거 아닌가요?"

"그렇게는 안될 것 같아요."

힘없이 고개를 저으며 검은 테 남자가 대답했다.

"실은 지난달에 종합검진을 받았어요."

남자는 또 한번 술잔을 들었다가 빈 잔임을 깨닫고 도로 내려놓았다.

"아무래도 그것 때문인 것 같아요. 당뇨가 있으면 발기에도 문제가 나타난다고 하더라고요."

그러고는 고개를 푹 숙이더니 어깨를 크게 들먹이며 이제야말로 가장 긴 한숨을 내쉬는 거였다.

"다시 기회를 준다 해도 마찬가지일 게 뻔해요. 그럴 줄 알았다니까요. 저 같은 사람한테 무슨 행운이겠어요. 감격에 겨워 여자를 만나러 가는 제 모습을 보고 악마가 피식 웃었겠죠. 그렇게 말해줘도 모르겠냐, 넌 운 없는 놈이라니까, 이러면서 말이에요."

"여자분도 운이 없기는 마찬가지예요. 그런 부탁을 하기가 쉽진 않은 일이죠. 운이 없다면 둘 다 없는 겁니다."

"맞아요. 당뇨가 문제였다면 이젠 아저씨 부인도 유찰이잖아요."

청년도 한마디 거들었다.

"나에서 그치는 게 아니라 이거군. 주변 사람들까지 모조리 재수 없게 만드는 인간이란 말이지."

검은 테 남자가 빈 술잔을 거칠게 들었다 내려놓는 바람에 옆에 놓인 물잔과 술잔이 부딪쳐 날카로운 소리를 냈다. 나는 물잔 속의 물이 흔들리는 것을 물끄러미 바라보았다.

아내는 특별한 날에만 라가불린 16년을 마셨다. 언젠가 아내는 행복한 사람에게 특별한 날이란 기쁜 날이 아니라 슬픈 날이라는 말을 했다. 행복하다는 말은 농담이겠지만 어쨌든 라가불린은 아내가 슬플 때 마시는 술이었던 것이다. 그 술이 품고 있는 바다냄새와 연기의 향이 자기가 자란 고향의 저녁 풍경을 떠올리게 해준다고도 말했다. 라가불린은 물레방아 오두막이 있는 작은 골짜기란 뜻이래요. 그걸 알고 나니 이 술이 더 좋아졌어요. 내가 좀 감상적이잖아요. 말해봐요. 장미 백송이를 선물했던 여자는 많았지만 거기에 넘어간 건 나뿐이었죠? 아내가 처음 술을 마시기 시작했을 때 나는 그것을 은근히 반겼다. 나 대신 아내의 고독을 배려해줄 대상이 생겼다고 여겼기 때문이다. 취한 아내는 전처럼 내게 히스테릭하지 않았다. 귀가시간을 묻는 전화도 하지 않았다. 그 대신 떠들썩한 모임에 참석하고 있는 내게 휴대전화로 사랑해요,라고 말해서 나를 난처하게 만들었다. 미안해요. 지금 사랑한다는 말을 꼭 해보고 싶은데, 그 말을 해도 되는 사람이 당신밖에 없어서 전화했어요. 이렇게 말할 때는 혀가 조금 꼬여 있었다. 그녀는 운 좋은 여자가 아니었다. 그녀의 행복을 깨뜨린 남자 역시 마땅히 저주가 따라야 한다는 점에서 운 좋은 사람은 될 수 없을 것이다.

K가 새 술을 가지러 간 사이 기회를 놓칠세라 아르마니 청년이

떠들어대고 있었다.

"세계적으로 가장 많이 팔리는 게 글렌피딕 12년이에요. 글렌피딕은 사슴 계곡이란 말이래요. 글렌모렌지는 고요의 계곡. 글렌이 게일어로 계곡이란 뜻이거든요. 술맛은 계곡의 물이 결정하니까요."

술병을 들고 나타난 K를 보고서야 청년은 말을 멈추었다. 새 술병에는 술이 절반쯤밖에 차 있지 않았다. 라벨을 보더니 아르마니 청년의 얼굴이 환해졌다. 발베니군요. 그러고는 따르자마자 술잔에 코를 대고 향을 맡았다.

"과연…… 더블우드라서 향이 절묘해요."

"손님의 인터넷 정보에는 한계가 있는 것 같군요."

K의 말에 아르마니 청년은 뭔가 항의하려는 눈치더니 일단 공격으로 맞섰다.

"인터넷에서 정보를 찾아보는 게 뭐가 문젠데요?"

"찾아본 게 문제가 아니고, 틀린 정보를 알아채지 못하는 게 문제라는 거죠. 그 틀린 정보 중에는 몇년 전 제가 올려놓은 내용도 있는 것 같아요."

"그래요? 혹시 아이디가 '야누스'세요? 씽글몰트 위스키에 대한 글이 꽤 많던데."

"글쎄요."

"그럼 '융의 가면'인가요?"

K는 대답하지 않았다. 나는 물론 그 두 아이디의 주인을 알고 있

었다. 선과 악을 동시에 가진 '야누스'와 자신의 좋은 점만 보여주고 나쁜 점은 숨기려는 태도를 뜻하는 '융의 가면' 모두 그 동호회의 분위기를 반영하는 것이었다. 인터넷 동호회 '차이니스 룰렛'은 명함을 교환하고 고향과 출신 학교와 사는 동네를 물으면서 인사를 시작하는 여느 동호회와는 분명 달랐다. 신원을 확실히 밝힐 필요도 없었고, 기존 회원 세명의 추천으로만 신입을 받을 만큼 배타적이었다. 회원은 모두 남자였다. 위스키와 룰렛게임과 차이니스 룰렛을 즐기는 단순한 친목모임이지만 이너서클과 비슷한 비밀스러운 성격을 띨 수밖에 없었던 데는 그럴 만한 이유가 있었던 것이다.

손에 든 술병을 돌려 라벨을 힐끗 본 뒤 K가 아르마니 청년에게 말했다.

"발베니 병에 들었지만 이 술은 발베니가 아녜요. 손님은 위스키를 별로 마셔보지 않은 분이네요."

웬일인지 K의 말에는 날이 서 있었다.

"그건 누구보다 손님 자신이 잘 알겠죠. 말씀하신 대로 머리가 나쁘지 않다면 여기 있는 분들이 손님보다는 전문가라는 것도요. 그걸 알면서도 왜 자꾸 위스키 이야기를 꺼내는 거죠?"

"그야 술맛에 대한 호기심이죠. 그것 말고 대체 무슨 이유가 있는데요?"

"술맛을 알려면 많이 마시는 방법밖에 없어요. 정보 수집이 아니구요. 손님은 오늘밤 세시간 동안 딱 두잔을 주문했어요. 술에는 관심이 없고, 쉴 새 없이 벽에 진열된 술병의 라벨을 읽고 손님들을 살피고 주방 쪽을 훔쳐보더군요."

"취해버리면 술맛을 음미하기가 어렵잖아요. 그리고 제가 운이 별로 없는 놈이라고 말 안했던가요? 저는 값비싼 씽글몰트를 마음껏 시킬 만큼 부자가 아녜요. 부모한테 물려받은 재산이 있는 것도 아니고 능력이 뛰어난 것도 아니고, 그냥 회사원이라고요. 블로그에서 이런 특이한 술집이 있다는 글을 보고 구경 온 것뿐이에요."

두 손가락을 마주 비비는 것으로 모자라 아르마니 청년은 아예 두 손을 모아 깍지를 꼈다 풀었다 반복했다. 말까지 약간 더듬었다.

"거짓말 같은데요."

K가 잘라 말했다.

"어제 저한테 전화하신 분 아니세요? 방금 전까지는 확신이 안 들었는데 이제 확실히 알겠네요. 저한테 취재를 요청하신 잡지사 기자시죠? 제가 드릴 말씀이 없다고 하지 않았던가요?"

줄곧 고개를 숙인 채 침묵하고 있던 검은 테 남자가 불현듯 예의 긴 한숨을 내쉬었다. K는 청년의 대답을 기다렸고, 나는 그런 K의 얼굴을 찬찬히 뜯어보고 있었다. 중국식 룰렛게임을 할 때 그의 모습이 연상되었다. 질문을 할 때마다 지금처럼 마치 윙크하듯 한쪽 눈을 일그러뜨리며 독특한 표정을 짓곤 했던 것이다.

"맞아요. 제가 전화했었어요. 기자는 한번 거절당했다고 바로 취재를 포기하지는 않거든요."

"글쎄요. 기자란 것 역시 거짓말 아니구요? 『위스키 마니아』 잡지사라고 하셨나요? 그곳 기자들은 저희 집 단골이에요. 작은 회사로 알고 있는데, 같은 편집부 기자라면 이곳을 전혀 모를 수는 없을 텐데요. 위스키에 대한 잘못된 정보는 실수라고 치더라도, 그것 말고도 손님 말씀 중에는 거짓말이 많은 것 같군요."

적의 공격을 막아내려다 휘두르던 창을 놓쳐버린 검투사처럼 아르마니 청년은 망연자실한 표정이었다. 다음 순간에는 급격히 풀이 죽었다. 청년은 천천히 팔을 뻗어 술잔을 잡아당겼다.

"실은 저는 홍보회사 인턴사원이에요. 아버지가 연줄을 이용해 넣어주었거든요. 아버지 때문에 여기 안 와볼 수가 없었어요."

아르마니 청년은 아버지 얘기는 거짓말이 아니었다고 급히 덧붙였다.


## 다섯 중의 하나


씽글몰트 위스키의 홍보도 맡고 있는 회사인데, 제가 바로 그 부서예요. 지난 석달 동안 별의별 일 다 해봤어요. 복사나 서류 심부름처럼 간단한 일에서부터 자료 수집도 하고 인터뷰에도 따라가고 위스키 쌤플도 꽤 마셔봤고 론칭 행사에도 가고, 한마디로 분위기를 익힌 거죠. 홍보회사라서 그전에 잠시 일했던 사무직과는 분위기가 영 다르더군요. 늘 기발한 아이디어와 도전정신, 이런 것만 강조하거든요. 섹시한 거 뭐 없나? 이 말을 입에 달고 살고요. 제 적성과는 거리가 멀어요. 제가 모범생 타입이라서요. 아무튼 인턴사원 여섯명 중에서 두명만 정직원으로 뽑힐 텐데 보나 마나 제 성적이 제일 안 좋을 거예요.

지난주에 마지막 테스트로, 씽글몰트 위스키의 홍보자료를 써보라는 과제가 떨어졌어요. 그런데 국내에 있는 맥캘란 55년산에 대한 내용이 반드시 들어가야 한다는 거예요. 전세계에 사백이십병이 있는데, 국내에는 다섯병이 들어와 있다더군요. 누가 갖고 있는지 행방을 찾아서 취재해오라는 거죠. 아버지는 소주 외에 아는 게 없고, 또 값이 1300만원이나 한다는 술을 갖고 있다면 보통 사람들은 아닐 텐데 대체 그들을 제가 어디 가서 만나겠어요. 사돈의 팔촌에 몇다리 건너 아는 사람까지 다 털어도 부자라고는 없는데요. 앞이 캄캄하더라구요. 제가 잘할 수 있는 것이라곤 인터넷 검색뿐이에요. 씽글몰트 위스키를 검색하다가 이 술집을 알게 됐죠. 혹시 뭔가 알 수 있지 않을까 해서 전화를 걸어봤어요. 기자라고 거짓말까지 했는데도 상대를 안해주더군요. 그래도 마감이 코앞으로 닥쳐와서 무작정 찾아와봤어요. 호프집도 아니고 위스키집에다 씽글몰트만 취급하니까 주인이 전문가 티가 나는 중년 남자쯤일 거라고 생각했어요. 근데 여기 주인은 내 또래 정도로 보이는데다 매상에 연연하는 것 같지도 않더군요. 실은 그래서 더 초조했어요. 뭔가 삐딱해졌고요.

저는 창의적으로 하라는 과제가 정말 싫어요. 일류대는 못 갔지만 공부라면 그럭저럭 해왔거든요. 배운 게 그것뿐인데 창의력 개발이다 뭐다, 이젠 공부한 걸 다 잊어버리고 비상식적이고 기발한 생각을 하라니 미치겠어요. 아이디어맨과 부자, 저는 이 두가지가 정말로 싫어요. 빌딩 한채 물려받아 임대료 받고 맘 편히 즐기며 사는 부자들 말이에요. 이런 술집만 해도 자기 능력으로 차릴 수 있는 건 아니잖아요. 나하고 나이 차도 많이 안 나는 것 같은데, 타고난 운명은 많이 다르더라구요. 솔직히 말해 여기 주인은 내가 부러워할 만한 조건을 타고났고, 게다가 내가 원하는 물건이 든 창고 열쇠를 손안에 쥐고 있는 셈이에요. 창고를 열어줄 마음이 없으니 내가 사정을 해야 하고요. 제가 운이 없는 놈이라고 말했었죠? 세상은 너무 불공평해요.

대체 맥캘란 55년산의 행방을 찾는 것과 홍보회사 직원의 능력을 보는 것이 무슨 관계가 있죠? 아버지는 군대에도 그런 식의 훈련방법이 있다면서 과제를 해결하는 과정을 보는 것뿐이라고, 오히려 내 사고방식이 나약하고 틀려먹었다고 하더군요. 술집도 찾아다니고 사람도 만나보고 술도 맛보고 그런 식의 경험을 쌓게 만드는 것이고, 또 문제를 해결하는 접근방식이나 아이디어, 뭐 그런 걸 보는 거니 결과는 중요한 게 아니라고요. 수없이 들어온 말이에요. 솔직히, 결국 결과만을 볼 거면서 어른들은 왜 그런 거짓말을 하죠? 세번이나 아버지가 취직자리를 마련해주었으니 저도 할 말은 없어요. 사실은 직장을 잃는 것보다 아버지를 실망시킬 일이 더 겁이 나요. 회사 나간다고 큰맘 먹고 카드 할부로 비싼 양복까지 사주셨는데. 나는 부모 복이 별로 없는 놈이지만 아버지도 할 수 있는 건 다 해준 거잖아요. 만약 여기에서 맥캘란 55년에 대해 알

게 된다면 오늘밤 이후 나는 대단히 운 좋은 놈이 되겠지요. 하지
만 지금 이곳 분위기를 보니 역시 운이란 갑자기 찾아오는 건 아니
라는 생각이 드네요.


## 천사들도 위스키를 마신다

"여기 운 나쁜 사람 많군."

검은 테 남자가 한마디 했다. 남자의 목소리는 기운이 없다 못해
신랄했다. 그에 못지않은 차가운 말투로 K가 검은 테 남자에게 대
꾸했다.

"손님은 저희 가게에서 술을 고르실 때는 무척 운이 좋은 분이신
데요. 라가불린을 고르신 여자 손님도 그랬고요. 술집에서 쉽게 마
실 수 있는 술은 아니거든요. 사실 그날 제가 내놓은 위스키는 셋
다 최상급이었어요. 손님 모두가 다 행운아라고 할 수 있는 날이었
죠."

"그날은 주인이 천사라도 된 건가?"

"천사 본인이 마시는 날이었거든요."

"천사도 위스키를 마시는 모양이군."

"위스키에 '천사의 몫'이 있다는 말 알고 계시죠?"

K의 말이 떨어지자 조금 전까지의 의기소침을 벗어버리고 아르
마니 청년이 나서서 설명했다.

"위스키는 숙성시키는 동안 매년 2퍼센트에서 3퍼센트 정도가 증발하죠. 그걸 '천사의 몫'이라고 불러요. 숙성창고에 들어가면 술향기가 코를 찌르는데, 그걸 들이마시면 어떤 사람은 취할 정도래요."

"숙성기간이 길어질수록 천사들이 위스키를 많이 마시는 거죠. 결국 오크통에 들어 있는 동안은 위스키의 주인이 바로 그 천사들인 셈이니까요."

K의 차고 나직한 목소리가 이어졌다.

"천사들은 술을 가리지 않아요. 모든 술에서 공평하게 2퍼센트를 마시죠. 사람의 인생에서 자기도 모르는 사이에 증발되는 게 있다면, 천사가 가져가는 2퍼센트 정도의 행운 아닐까요. 그 2퍼센트의 증발 때문에 스스로 불행하다고 생각하는 사람들이 의외로 많은 것 같군요."

창백한 낯빛 때문인지 K의 검은 스웨터를 받치고 있는 차이나셔츠의 깃이 유난히 희고 단정해 보였다. 이마 위로 흘러내린 긴 머리카락이 한쪽 눈을 가려 표정은 잘 보이지 않았다. 내가 기억하기로 '야누스'와 '융의 가면'은 둘 다 K의 아이디였다. K는 아버지의 막강한 재력 덕분에 풍요로운 청춘을 보냈다. 거기까지라면 아르마니 청년이 맞게 본 것이었다. 그러나 예상치 못했던 아버지의 죽음 이후 모든 것이 변했다. 가족은 깨어져버렸고 남은 건 빚뿐이었다. 그 재앙의 도미노에서 마지막 패가 K의 발병이었다. 불과 몇년 사이에 일어난 일이었다. 결국 아버지의 유산이라고는 K의 몸에 밴 고급 취향뿐이었다. 더 있다면 아버지가 수집하던 싱글몰트 위스키 정도라고 할까. 아르마니 청년이 안다면 분노할지 안도할지 알 수 없는 일이지만, 그 수집품 중에 청년이 오늘밤 내내 행방만이라도 알아내려고 애를 태웠던 맥캘란 55년도 있을 수 있다고 나는 생각했다.

"혹시 술이 더 필요하다면 새 병을 내오겠습니다."

빈 술병을 들어 보이며 K가 말했다.

"새 술을 마시면서는 게임을 해보는 게 어떨까요? 일종의 진실 게임인데, 룰은 간단해요. 한사람이 질문을 던지면 지적받은 사람이 거기에 대답을 하면 됩니다. 대답하고 나서 술을 한잔 마시는 거죠. 단, 거짓말을 하면 안돼요. 들통나면 곧바로 게임에서 빠져야 합니다."

"대답하기 싫은 질문을 받으면 어떻게 하죠?"

게임을 좋아하는지 아르마니 청년이 흥미를 보였다.

"대답을 못하면 술을 못 마셔요. 원래는 벌칙으로 술을 마시는 거지만 이 자리에는 술 마시는 걸 벌로 생각할 사람이 없을 테니 반대로 하는 겁니다. 일단 새 술을 가져온 뒤에, 경험 있는 사람끼리 먼저 시작해보겠습니다."

K가 내게 눈짓을 보냈다. 아르마니 청년은 흐음, 소리와 함께 손가락으로 탁자를 두어번 가볍게 두드렸다. 술이 더 필요하다는 데에 동의한다는 뜻인지 검은 테 남자도 몸을 탁자 쪽으로 당겨 앉았다.

## 진실게임

세번째 술병은 글렌리벳 쎌러 병이었다. 이제는 아무도 그 술병 속의 술이 라벨과 같은 위스키라고 생각하지 않았다. K가 네개의 잔에 차례로 위스키를 따르더니 그중 하나를 내 앞으로 밀어놓으며 말했다. 질문 시작합니다. 나는 K의 한쪽 눈이 일그러지며 눈 속에 검고 서늘한 기운이 서리는 것을 보았다.

"당신 생애 최고의 날은 언제였습니까?"

나는 K가 자신과 함께 라스베이거스에 있었던 날을 기억나게 하려는 것임을 눈치챘다. 그날 룰렛에서 스플릿 베팅으로 17배가 터졌던 것이다. 당시에는 의사 면허를 받은 날 못지않게 내 인생 최고의 날이라고 생각했다. 지금 생각은 달랐다. 차라리 그 전날 아내가 레드 앤드 블랙 베팅에서 1배 맞았던 순간이 더 기뻤다. 그날 아내는 계속해서 1배에만 걸었다. 색깔에 걸 때는 블랙이었고 숫자에 걸 때는 홀수, '하이-로우'에 걸 때는 언제나 낮은 수였다. 그녀는 행복을 한순간의 행운에 의존해서 얻으려 하는 여자가 아니었다. 도박을 즐기지 않았다. 그랬기 때문에 나를 떠난 것이고, 그것은 옳은 결정이었다.

K의 질문에 대한 나의 대답은 간단했다.

"결혼식."

그러고는 잔을 들어 술을 마셨다. 씽글몰트 위스키는 입안에 머금자마자 향기를 내뿜으며 온몸으로 우아하게 퍼져나갔다. 황홀할 정도였다. 이제 내 쪽에서 K에게 질문할 차례였다.

"당신이 지금까지 겪은 일 중 가장 힘든 건 무엇이었습니까?"

"죽음을 받아들이는 것."

예상한 대답이었다. K 역시 눈을 감고 술을 오랫동안 음미하더니 다시 내게 물었다.

"당신이 평생 가장 후회하는 일이 있다면 무엇입니까?"

"당신을 알게 된 것."

나는 되도록 단호하게 대꾸했고, 술을 마시고 나서 질문을 이어갔다.

"당신이 지금까지 해야 했던 일 중에 가장 힘든 게 있었다면 무엇입니까?"

"나를 미워하는 사람을 사랑하는 것."

내가 기대한 것은 '사랑했던 사람을 잊는 일'이었지만 역시 K는 그렇게는 대답하지 않았다.

다시 한잔. K가 질문할 차례였다.

"당신은 남에게 밝힐 수 없는 사랑을 한 적이 있습니까?"

"네버. 없습니다."

K가 노려보는 걸 모르는 척 나는 눈을 내리깔고 천천히 술잔을 비웠다. 이제 K는 내가 거짓말을 하지 않았는지 질문하고 싶을 것이다. 하지만 그렇게 되면 내가 대답하기에 따라 K와 나의 게임이 끝나버릴 수도 있다. 만약 내가 거짓말을 했다고 대답하면 그 댓가

로 나는 게임에서 제외돼버린다. 반대로 거짓말을 하지 않았다고 하면 또 한번 상처를 자초하는 셈이다. 둘 다 K가 원하는 게 아니었다. 그렇기 때문에 진실성에 대한 질문은 나중으로 아껴둘 게 틀림없다.

나는 질문의 방향을 돌렸다.

"당신이 가진 위스키 중 가장 비싼 것은 무엇입니까?"

"맥캘란 55년."

잔을 들어 술을 마신 다음 K도 내게 똑같은 질문을 던졌다. 당신이 가진 위스키 중 가장 비싼 것은 무엇입니까? 내 대답도 같았다.

잠깐만요, 아르마니 청년이 끼어들었다. 우리는 못 들은 척 번갈아 술잔을 비워가며 빠르게 게임을 계속했다.

"당신이 이 세상에서 가장 싫어하는 것은 무엇입니까?"

"아직 일어나지 않은 불운한 일들. 당신이 이 세상에서 가장 싫어하는 것은 무엇입니까?"

"불운한 일이 일어날 것만 같은 술자리. 당신이 묘비명을 쓴다면 뭐라고 쓰고 싶습니까?"

"융의 가면을 벗으니 가벼워져 떠날 수 있게 되었다. 당신 생애 최악의 날은 언제였습니까?"

"카지노에서 17배가 터진 날."

아르마니 청년이 볼멘소리로 투덜댔다.

"이제 룰을 알 것 같으니 나도 끼워줘요."

마지못해 K가 청년의 앞으로 술잔을 밀었다.

아르마니 청년은 짐작대로 먼저 K를 답변자로 지정했다.

"당신은 맥캘란 55년을 갖고 있습니까?"

"네."

질문권을 얻은 K가 마침내 나를 향해 마지막 공격을 해왔다.

"당신의 정직성에 점수를 매긴다면 1에서 9 중 몇입니까?"

"5."

나는 질문권을 검은 테 남자에게 사용했다.

"오늘 청담동에 있는 호텔에 갔습니까?"

"질문인가요? 예, 갔었는데, 근데 그걸 어떻게 안 겁니까?"

"그 여자가 남편과 별거 중이란 건 알고 있었습니까?"

"무슨 말씀이죠?"

검은 테 남자가 나를 쏘아보며 항의했다.

"그리고, 게임이라면 이젠 내가 질문할 차례 아닌가요?"

"술을 안 마시기에 대답을 피하는 줄 알았습니다. 계속하겠습니다."

내 목소리는 약간 경직돼 있었다.

"당신은 스스로 운 없는 사람이라고 하면서도 남자로서의 행운을 기다린다 했는데, 다시 기회가 있을 거라고 생각합니까? 그 여자가 또 연락을 해올 거라고 생각하나요?"

한꺼번에 세가지 우연이 겹치는 건 물론 어려운 일이다. 호텔 로비에서 마주친 남자가 우연히 내 아내의 옛 애인인데, 같은 날 밤 그 남자를 다시 우연히 술집에서 만나고, 그 남자는 또 우연히 K가

나와 만나게 해주려고 계획했던 사람이라는 건, 확실히 있을 수 없는 일이다. 그러나 지금까지도 나는 K가 나를 부른 데에 어떤 악의가 있을 거라는 의심을 버리지 못하고 있었다. 확실히 나는 정상이 아니었다. 그리고 이 자리의 누구보다 심각한 패배자였다.

저한테도 질문 좀 하세요,라는 아르마니 청년의 다급한 목소리가 들려왔다.

언제부터인가 잔을 비운 사람이 스스로 술을 채우고 있었고 술기운이 오르는지 모두의 얼굴이 상기되었다. 술맛이 기가 막히군, 이라고 말한 뒤 검은 테 남자가 내 술잔에 자기의 잔을 부딪치며 말했다.

"내 대답은 네,예요. 나도 질문하죠. 당신에게 평생 비밀을 털어놓은 사람은 몇명이나 됩니까?"

"셀 수 없죠. 직업과 관련이 있으니까. 당신이 평생 여자와 호텔에 간 건 몇번입니까? 이야기를 들어보니 보기보다는 여자에 대해 잘 아는 것 같던데요."

"사오십번쯤? 백번? 나 같은 놈도 좋다는 여자가 꽤 있었지요. 참, 질문을 해야지. 당신은 자신이 남의 비밀을 잘 지키는 사람이라고 생각합니까? 나는 가정적인 사람이라 이건 중요한 질문이오. 이집 주인도 그렇고, 당신들은 좀 의심스러운 데가 있어."

남자는 더이상 한숨을 쉬지 않았다. 그것은 아르마니 청년이 이제는 손장난을 하지 않는 것과 마찬가지였다. 조금씩 붉어져가던 얼굴들은 술과 시간이 더해지면서 다시 창백해지고 있었다.

"물론이지요."

내가 대답했다. 그리고 술을 마신 뒤 K에게 질문하기 위해 술잔을 그의 앞으로 밀었다.

"만약 내일 종말이 온다면 당신은 오늘밤을 어떻게 보내고 싶습니까?"

"사랑하는 사람과 함께 가장 아끼는 위스키를 마시면서. 제가 늘 꿈꿔왔던 순간이랍니다."

"저한테도 질문 좀 하라니까요. 이러다가 한잔도 못 마셔보겠어요."

아르마니 청년이었다. 질문권을 가진 K가 청년을 향해 물었다.

"당신 생애 최악의 날은 언제였습니까?"

"그야 물론 대학 시험 발표날이죠. 재수없게 떨어졌거든요. 제가 질문할게요. 1에서 9로 당신의 정직성에 점수를 매긴다면 몇점입니까?"

"5점."

내가 그랬던 것처럼 K 역시 질문의 의도를 피해갔다. 술을 입에 댄 다음 K는, 당신은 부모를 선택할 수 있다면 다시 지금의 부모를 택하겠습니까,라고 아르마니 청년에게 물었다.

"아니요. 아니, 네. 거참, 잘 모르겠네. 아버지들은 다 마찬가질 테죠, 뭐. 그리고 솔직히 저는 혁만 그런 게 아니라 여러면에서 아버지를 닮았어요. 저 자신을 부정할 마음은 없다구요. 이제 제 차례죠? 그럼 그 맥캘란 55년, 그건 지금 어디에 있습니까?"

"이미 마셨을걸요."

"뭐라구요? 언제요?"

"우리는 오늘 세병의 술을 마셨어요. 세가지 다 특별한 술이었죠."

"이름은 모르지만 모두 기가 막힌 술이더라구요."

검은 테 남자가 거들었다. K가 웃으며 검은 테 남자에게 물었다.

"당신의 정직성을 1에서 9까지의 숫자로 점수를 매긴다면 몇점입니까?"

"5점이오."

나 역시 취기가 느껴졌다. 혀에 닿는 위스키가 아내와 마시던 술맛처럼 달콤했다. 당신의 가장 큰 실수는 무엇입니까. 당신이 평생 후회할 만한 일은 무엇이었습니까. 질문과 대답들이 오고 갔다. 실수와 후회. 분명 그럴 만한 일들이 있었다. 그 댓가로 나는 K의 술집에서 가장 형편없는 술을 선택할 각오로 이곳에 왔다. 그의 게임에 말려들어 아내일지도 모르는 여자의 이야기를 들어야 했다. 분명 망상일 것이다. 사실은 그냥 라가불린을 좋아하는 어떤 여자의 이야기이다. 상관없다. 집에 돌아가면 아내의 컬렉션이 우리의 가장 좋은 시절을 담고서 나를 기다리고 있을 것이다. 내 인생의 행운을 가득 채운 차가운 술병들이. 그것들이 있는 한 천사에게 2퍼센트를 돌려달라고 억울해할 필요가 없는 것이다. 나는 술잔을 내려다보며 누구에게랄 것도 없이 질문을 던졌다. 당신은 자신이 운이 없는 사람이라고 생각합니까.

"단지 조금 운이 없는 사람인 거죠."

술병에 남아 있던 마지막 술을 네개의 잔에 나눠 따르며 K가 대꾸했다.

"다 같이 축배를 들죠. 모두에게 특별한 술이니까요. 오늘밤 저의 마지막 파티에 손님이 돼주셔서 고맙습니다. 파티가 끝났으니 저도 이제 그만 쉬어야겠군요."

K의 얼굴은 흰 비스크 가면을 쓴 것처럼 창백했다. 이마 위로 흘러내린 머리카락은 이제 얼굴의 절반에까지 그림자를 드리우고 있었다.

우리 넷은 각기 술잔을 들어 향기를 맡으면서 천천히 입술을 축였다.

K가 그만 문을 닫아야겠다고 말하고 있었다. 네사람 모두 그날 밤의 파티가 끝났다는 걸 알았다. 취한 네사람은 분명 운이 없는 사람들이었다. 그러나 단지 조금 운이 없을 뿐이다. 불행하다고 생각하는 사람들이 단지 조금 불행한 것처럼, 그래서 단지 약간의 행운이 더 필요할 뿐인 것처럼. 우리에게 주어진 불운의 총량은 어차피 수정될 수 없는 것이니까. 나는 K에게로 그늘을 드리우며 다가오고 있는 마지막 손님에 대해 생각했다. 죽음에게도 영혼이 있다면 거기에 천사의 몫도 있을 것이다. 이왕이면 그 영혼이 씽글몰트였으면 좋겠다는 생각이 들었다.

# 장미의 왕자

내가 일하는 찻집에서는 손님들이 놓고 간 물건을 카운터 서랍에 보관해둔다. 그 여자 손님의 수첩도 거기 들어 있었다.

　강추위가 닥쳐와 거리에 사람이 많지 않던 날, 주인아저씨도 일찍 들어가고 가게에는 나 혼자였다. 일없이 창밖을 바라보던 나는 무심코 서랍을 열었고 눈에 들어온 수첩을 별생각 없이 펼쳐들었다. 작은 수첩이라 메모된 내용은 많지 않았다. 몇장 넘겨보던 나의 시선은 한 문장에서 그대로 멈추고 말았다. 그것은 드물게도 나의 생각과 일치하는 글귀였다.

　—알고 있는지. 나의 모든 것은 거짓이다. 진실하지 않은 세상에 태어났다는 걸 깨달은 뒤부터.

　그 여자 손님이 수첩을 놓고 간 때가 지난 늦가을쯤이었을 것이다. 불현듯 그렇게 오랫동안 분실물을 보관해둔 것은 예외라는 생각이 들었다. 나 혼자 가게를 지키는 일도 흔한 일은 아니었고 또 남의 수첩을 들춰볼 만큼 내가 호기심 많은 사람도 아니었다. 그 수첩을 읽게 된 게 단순한 우연일까. 나에게 보내는 인생의 암시 같은 건 아닐까. 운명이란 비정하고 무자비하지만 늘 전령을 먼저 보내 경고를 할 만큼은 용의주도하다고 어릴 때부터 나는 종종 생각해왔다. 그 메시지를 알아차리지 못하고 계속 방심하는 사람에게는 돌이킬 수 없는 비극을 집행해버린다.

나는 경고를 받아들이는 의미로 카운터 아래 칸에 놓아두었던 숄더백을 꺼내 그 안에 수첩을 집어넣었다.


마치 비가 그친 봄밤 같다. 골목 안에 쌓였던 오래된 눈이 녹고 있는 것뿐인데. 귀퉁이부터 녹아가던 눈이 밤이 깊어지면서 다시 얼어붙고 있다.


한시간째 나는 물기를 머금은 검은 대기 속을 저벅저벅 발소리를 내며 걷는다. 두 손은 주머니에 찌르고, 바람이 앞머리를 흩뜨려놓으면 입김으로 훅 불어 올리면서. 이어폰을 끼고 있지만 휴대폰 안의 음악은 언젠가부터 끝나 있다. 얼어붙은 눈더미를 와삭와삭 밟으며 지나가기를 몇번, 젖은 운동화를 뚫고 들어온 냉기가 발을 꽁꽁 얼려놓았다. 땅을 딛는 게 아니라 뭉툭한 목발로 바닥을 짚는 것 같다. 어둠속에서 움직이는 것은 내가 지나쳐가는 모르는 집의 불빛들, 그리고 내 입에서 뿜어져나오는 거칠고 불규칙한 하얀 입김. 이따금 가로등 아래를 지날 때면 얇은 얼음에 덮인 듯 눈물로 번들거리는 내 얼굴이 드러나고 말겠지. 이렇게 나는 당신을 떠나고 있다.

나 혼자 생각했었다. 얼어붙은 땅 깊이에서 뒤척이는 눈먼 씨앗일 뿐이지만, 언젠가 당신이 내게서 꽃피울 봄날을 상상조차 하지 못한다면 그건 영원한 겨울과 마찬가지라고 말이다. 괜스레 긴 머리를 잘라버리고 입지 않을 운동복을 사고 지독한 몸살을 앓고 오전이 다 가기도 전에 세끼를 먹어치우고 한밤에 불쑥 이불을 젖히고 일어나 한시간씩 골목을 쏘다니고. 그러고도 다음 날이면 약속된 시간에 배달된 우유처럼 내 마음이 당신의 문 앞에서 다소곳이 아침을 기다리고 있던 날들이, 대체 몇번이었는지. 나는 그 마음을 당신이 조금이나마 알아주기를 얼마나 바랐는지 모른다. 하지만 지금은 절대로 알지 않기만을 바랄 뿐이다. 나라고 하는 함박눈이 미친 듯이 내려서 귀퉁이에 홀로 쌓여 있다가 흔적도 없이 녹아버린 봄이 되어서야 당신이 긴 겨울잠에서 깨어났으면 한다.

언제부터인지 이 골목 안이 한층 어두워졌다. 모퉁이의 연립주택 창문에서 막 불이 꺼지는 걸 보았기 때문일까. 가로등 아래 걸음을 멈추고 주머니에서 손을 뺀다. 천천히 이어폰을 빼서 숄더백에 집어넣고 목도리를 고쳐 맨 뒤 골목을 벗어난다.

큰길로 나와 조금 걸으니 불 꺼진 소방서 건물이 나타난다. 그

앞에 버스정류장이 있다. 때마침 버스가 와서 멎고 문이 열린다. 실내등이 켜진 한산한 버스 안에서 입김을 날리며 승객 둘이 내린다. 나는 버스 옆면에 붙은 행선지에 눈길을 준다. 그것을 유심히 읽는 듯 보이겠지만 실은 그 낯선 밤버스를 타고 아무 곳으로나 사라져버리고 싶은 마음을 가까스로 억누르고 있다. 잠시 멈춰 있던 버스가 엔진 소리와 함께 떠나고 난 뒤에야 고개를 든다. 버스가 스쳐지나가는 순간 그 안의 누군가와 눈이 마주친 듯한 기분이 들었지만, 실은 나는 늘 내 생각에 골몰해서 버스 안의 누군가가 나를 보고 있을지도 모른다는 생각 따위는 해본 적이 없다.


  그녀가 거기 서 있곤 했다. 붉은 셔터가 내려진 소방서 앞.


  늦은 시각 술집 거리에서 택시가 잡히지 않아 할 수 없이 버스를 탔다.
  흔들리는 버스 뒷좌석에 앉아 바라보는 밤거리의 묘한 정적이 마음에 든다. 살을 파고드는 2월 밤의 추위 탓에 차창에는 잔뜩 김이 서려 있다. 앞서 탔던 누군가 손바닥으로 닦아놓은 공간만큼의 흐린 밤풍경이 눈에 들어온다. 변두리 극장에서 옛날 영화를 볼 때처럼 지나간 시간이 하나둘 머릿속을 스쳐지나간다. 사라져버린 내 과거의 한 시절을 관람하는 투어버스에 올라탄 기분이다. 실제로 가끔 그런 꿈을 꾼다.

정류장 앞에 여자 하나가 서 있는 게 보인다. 반사적으로 손을 들어 뿌연 창을 닦는다. 후드가 달린 헐렁한 방한 외투와 목도리, 스키니진, 컨버스 운동화. 어깨를 조금 덮는 단발이고 두 손을 주머니 안에 찌르고 있다. 버스가 멎자 입술을 꾹 다물고 눈으로 행선지를 읽는다.

버스 기사는 여자가 충분히 행선지를 확인할 수 있도록 잠시 기다려준다. 그러다 마침내는 조금 급하게 차를 출발시킨다. 버스가 여자를 지나쳐온 뒤까지 나는 고개를 돌려 그 얼굴을 돌아본다. 분명 많이 울었던 얼굴이다. 알 수 있다. 심하게 울고 난 뒤 무력하고 또 무방비한 채로 알 수 없는 부정적 에너지가 차오르기 시작하는 여자의 얼굴. 그것이 내 마음을 흔들었던 날을 기억한다.

이제는 그녀에 대해 거의 아무것도 기억나지 않지만 웃음소리만은 이따금 떠오른다. 그녀는 늘 여름아침의 새처럼 명랑하고 맑은 웃음소리를 냈다. 깊고 뜨겁게 안고 있을 때조차도 그랬다. 그것은 뭔지 모르게 나에게 삶의 공허와 권태와 열락에 대한 찰나적 완성감을 느끼게 해주었다. 텅 빈 완성, 삶으로부터 방출되는 버려진 자식의 쾌감이라고나 할까. 그녀는 처음부터 비어 있었던 나의 내부에 아무것도 채우려 하지 않았다. 그녀를 사랑하는 일은 허무를 향해 한없이 수렴해가는 단순함의 군무 같은 것이었다고 기억한다. 그래서 그런지 한번도 그녀에게 뭘 사주고 싶다고 생각해본 적이 없었다. 뭔가 필요할 거라는 느낌이 별로 들지 않는 여자였다. 많은 걸 갖추고 있어서는 결코 아니었다. 사실은 정반대였다. 가난했고 얼굴이 뛰어나게 예쁜 편도 아니었으며 무엇보다 자기를 돋보이게 해줄 신념이나 꿈 같은 게 없었다. 결핍에 대한 무심함이 오히려 그녀에게 완결의 특권을 부여했던 것일까. 나의 갈망이 그녀를 그렇게 느끼도록 만들었는지도 모르겠다.

그녀를 만나는 동안 나는 경제적 문제를 포함해서 그녀에게 어떤 도움도 충고도 주지 않았다. 미묘한 권력관계나 거기에서 파생되는 의존은 서로의 감정에 불필요한 자의식을 개입시킬 수 있다. 진위를 따지는 순간부터 나와 상대 모두를 지나친 의미 부여로 속박하게 만들지도 모른다. 진심은 대개 이유가 없고 단순한 것 아닌가. 그런 점에서 우리는 각기 한표씩을 갖고 공정하게 서로에게 투표했다. 적어도 나는 그렇게 생각하고 있었다. 그녀가 왜 그렇게 오래 울었는지 그리고 왜 떠났는지 여전히 알 수 없지만 나쁘다거나 부당하다고는 생각하지 않는다. 나는 나 자신의 존재를 포함해 생의 그 어떤 것에 대해서도 그다지 강한 실감을 느끼지 못한다. 이 세상이 운명에 의해 원격조종되는 일종의 기계장치처럼 여겨졌는데 그녀가 떠난 이후 그 느낌이 더 강화되었을 뿐이다.

붉은 셔터가 내려진 소방서 앞. 그녀가 내 차를 기다리던 장소다. 골목 안의 어느 집에선가 나와서 늘 거기 서 있곤 했다. 조금 전 같은 장소에 서 있던 단발머리 여자의 얼굴이 떠오른다. 곧바로 다음에 오는 버스를 탔을까. 추운 날 그렇게 울어야 했다니. 그 여자가 돌아갈 집은 춥지 않았으면 하는 생각이 든다.

이 밤 나는 난로와 함께 뜨겁게 앓으며 그 위에서 끓는 주전자처럼 흐느낄 것이다.

빈집에 들어와 젖은 운동화를 벗고 불을 켠다. 코끝이 싸늘하다. 외출로 맞춰져 있던 보일러 스위치를 난방으로 바꾼 뒤 앉은뱅이 탁자 옆에 숄더백을 내려놓고 웅크려앉는다. 등을 기대보지만 벽은 차갑다. 몸이 떨려와서 외투를 벗을 엄두가 나지 않는다. 오늘도 Y는 새벽에나 들어올 모양이다. 다행이다. 집을 혼자 쓰는 시간이 많으니 내가 집세를 더 내야 한다는 그애의 주장에도 일리는 있다. 돈을 더 내고라도 나는 자주 혼자 있고 싶으니까. 내 모습을 남에게 보이고 싶지 않은 순간들이 너무 많다. 지금도 세상에서 마음에 드는 게 있다면 그건 아무도 나를 보지 않고 있다는 한가지 사실뿐이다. 웅크린 채 얼굴을 다리 사이에 묻고 이대로 잠들어버렸으면, 그리고 꽁꽁 얼었던 내 몸이 뼛속까지 남김없이 녹아내려 채 눈을 뜨기 전에 이 세상에서 완전히 증발해버렸으면.

어릴 때 그런 생각을 하곤 했다. 투명인간이 되게 해주는 도장을 발명해 양쪽 손목에 꾹 눌러 찍은 다음 종일 높은 나무 같은 데 올라가 있고 싶다고. 그리고 아무도 나를 좋아하지 않는다는 생각이 들 때마다 '장미의 왕자' 이야기를 떠올렸다.

그 이야기는 귀한 왕자가 태어나자 으레 그렇듯 요정들이 와서 선물을 주는 축하잔치로 시작된다. 누구는 아름다움을, 누구는 고귀함을, 또 누군가는 강건한 몸과 지혜를, 사랑의 승리자가 되는 멋진 미소와 목소리를. 그때 갑자기 초대받지 못한 마녀가 나타나고 파티장에는 그녀가 입은 검은 망또만큼이나 불길한 먹구름이 몰려든다. 모두의 근심과는 달리 마녀는 장미꽃을 선물로 내놓지만 안심하는 것도 잠깐, 마녀가 천둥의 목소리로 선언한다. 왕자는 마녀의 장미를 지니는 순간만 다른 요정들이 선물한 아름다움과 고귀함을 가질 수 있도록 저주를 받았다는 것이다. 게다가 왕자는 영지 밖으로 나갈 수 없다. 영지를 벗어나면 장미는 시들어버린다.

치명적인 저주에도 불구하고 왕자는 장미를 옷깃에 꿰맨 채 아름답게 성장한다. 그리고 한 소녀를 사랑하게 되는데, 함께 산책을 하다가 바람이 불어 가슴에 달고 있던 장미가 영지의 울타리 밖으로 날아가버리는 운명의 시간은 닥쳐오고야 만다. 그 순간 고귀하고 아름다웠던 왕자의 얼굴은 초라한 추물이 되어버린다. 탐스럽던 금발은 숱 없는 잿빛이 되고 이는 누레지며 총기를 잃은 눈은 백태로 덮이고 등은 구부정해지고 목에서는 새된 소리가 나는 것이다. 물론 왕자는 재빨리 울타리를 뛰어넘어 시들기 직전의 장미를 찾아서 달고 다시 아름다운 모습이 되어 나타난다. 왕자에게 그 소녀가 어떻게 말했더라. 나는 왕자가 소녀와 함께 있을 때 장미를 떨어뜨릴까봐 조마조마해하진 않았다. 장미를 잃었을 때에도 소녀가 왕자를 좋아해주기를 진심으로 바랐기 때문이다. 하지만 투명인간이 되어 종일 나무 위에 올라가 숨어 있고 싶었던 어린 나는 그때 이미 알고 있었다. 이 세상에 그런 진실하고 착한 일은 결코 일어나지 않는다.

오랜 시간이 지난 뒤에도 나는 이따금 그 이야기를 떠올렸다. 대체 나는 어디에다 내 장미를 잃어버리고 그것을 찾아 이처럼 나의 영지 바깥을 세상에서 가장 초라하고 추한 모습으로 헤매는 것일까. 나는 또 초라하고 추한 사람을 볼 때마다 생각했다. 어떤 모진 바람이 저 사람의 옷깃에서 장미를 떼어내 멀고 먼 숲의 가시덤불 속에 함부로 버려버린 것일까. 때로 그것은 장미무덤에 대한 상상으로 이어졌다. 초라하고 추하게 보이는 사람들의 잃어버린 장미가 세상 어딘가에 한꺼번에 묻혀 장미묘지가 만들어져 있을지도 모른다고. 줄지어 늘어선 수많은 십자가와 묘석과 거대한 정적뿐인 장미묘지. 그러나 어느날 무덤들이 일제히 쪼개지면서 거기 묻혀 있던 장미들이 날아올라 하늘 가득 퍼지고, 그날부터 세상 모두는 초라하고 추했던 사람들의 새로운 아름다움을 숭배하게 될 거라고 말이다. 그런 일 역시 절대 일어날 수 없다. 이 세상의 부당함은 정교하고 완고하게 위와 아래가 짜여 있어 마법이 풀리는 반전 따위는 생겨나지 않는다.

외투 주머니 안에서 갑자기 벨소리가 요란하게 울린다. 휴대폰을 꺼내 액정을 본다. Y다. 전화를 받자마자 술집의 시끌벅적한 소음과 함께 그녀의 화난 목소리가 쏟아져나온다. 나에게 화가 난 건 아니다. 야, 네가 이 새끼한테 얘기 좀 해줘라. 뭐냐면, 그거 있잖아. 나 참, 기가 차서. 말이 되냐. 이게 말이 되냐고, 응? 이 새끼 옷 말이야. 양복 수트가 우리 집에 있다고 우기는데, 내가 떼먹었다네.

먹을 게 없어서 내가 그딴 걸 떼먹냐? 개 콧구멍만 한 집구석에 양복이 어디 숨어 있겠어. 야, 이 새끼 바꿔줄 테니까 분명히 말해줘라. 우리 집에 양복은커녕 그 새끼 물건은 단추 하나 실밥 한가닥도 남은 거 없지, 안 그래? 그것만 확인해주면 돼. 이 새끼, 내가 저 같은 인간인 줄 아나. 내 말을 왜 이렇게 안 믿어. 바꿔줄게 잠깐 기다려봐. 뭐? 안 받는다구? 왜? 네가 못 믿으니까 지금 내가 확인시켜주겠다는 거잖아! 나는 잠자코 기다렸지만 소란과 고함이 오가는 듯하더니 전화는 갑자기 끊겨버린다.

내가 이 집에 온 지는 두달이 조금 넘었다. 그 직전까지 Y와 함께 이 집에 살았던 남자가 있다. Y의 입에서는 걸핏하면 그 남자 욕이 튀어나오곤 한다. 새 애인이 생겨 떠난 데 대해서는 한마디도 하지 않고 주로 돈 관계만 문제 삼는다. 생활비 한푼 내놓지 않은 건 그만두고 빚까지 떠넘기고 간 주제에 자기 물건은 면봉 한개까지 살살이 챙겨갔다는 것이다. 생돈을 물어주었으니 그 빚을 꼭 받아내고 말겠다며 입버릇처럼 말하더니 오늘 드디어 그 남자를 만난 모양이다.

휴대폰을 탁자 위에 올려놓는다. 잠시 잊었던 한기가 다시 몰려온다. 따뜻한 물로 머리를 감고 싶다. 귓불과 뒷목의 가장 연약한 살에 따뜻한 물이 닿으면 얼음처럼 딱딱하게 굳어 있던 슬픔이 풀려나와 녹을지도 모른다. 그런 다음 전기난로를 켜고 머리를 말려야겠다. 난로 위에 물이 담긴 주전자도 올려놓고. 무거운 몸을 억지로 일으켜 코트를 벗으면서 나는 행거를 물끄러미 바라본다. 아무리 저렇게 Y의 옷들이 무질서하게 몇겹으로 걸쳐져 있어도 남자 옷이 있었다면 내 눈에 띄지 않았을 리 없다. 특히 그것이 수트였다면.

처음 수트를 입던 날, 나는 그것이 뭔가를 드러내는 것처럼 보이지만 동시에 다른 걸 감춰준다는 느낌을 받았다. 시간이 지날수록 그것이 나의 정체가 될 거라는 예감도 있었다.

현관문을 들어서자 기다렸다는 듯 쎈서 등이 켜진다. 나는 눈을 찡그린다. 아무리 반복되어도 익숙해지지 않는 것이 있다. 차가운 코트와 목도리와 장갑을 차례로 벗어 소파에 걸쳐놓은 뒤 천천히 주방으로 간다. 유리잔을 꺼내 위스키를 따라 들고 창가로 다가간다. 고층에서 내려다보는 겨울밤은 여전히 흐리고 얼어붙어 있다. 자정이 넘으면서 몰려오기 시작한 안개가 점점 두터워지고 있다. 검은 창에 비친 수트 차림의 나도 정형적이고 무난하여 눈에 띌 것 없는 그 모습이다.

남자의 생애 첫 수트. 대개 입학이나 졸업, 취직 같은 기념일에 입게 마련이다. 나는 아니었다. 열다섯살에 상복을 입었다. 검은색 수트가 나 대신 슬픔과 정중함을 표현해주었다. 덕분에 내 주변에 대한 복잡한 환멸과 불안이 얼마간 감춰졌다. 부모의 이른 죽음은 소년을 조숙하게 이끄는 한편 일생을 내부의 뭔가가 작동이 멈취버린 느낌 속에서 살도록 만든다. 그 기억 때문일까. 수트를 입을 때에도 비슷한 기분이 든다. 모든 게 제자리를 잡으면서 동시에 정해진 궤도 안에서 끊임없이 공전하는 느낌이다.

회사에서 나는 그다지 독창적이라거나 의욕적이지 않지만 그런대로 내 할 일을 해내는 편이다. 대체로 매뉴얼대로, 일반론에 따르기 때문에 큰 실수는 하지 않는다. 매뉴얼이란 복잡한 세부까지 익히고 나면 단순 적용만으로 제법 많은 일을 해결할 수 있다. 수트가 디테일을 갖추는 게 까다로울 뿐 그다음부터는 격식에 따르기만 하면 눈 밖에 나지 않는 것과 마찬가지다. 커다란 조직의 부품 같은 건조한 업무방식은 내 성격에도 맞았다. 동료들은 나에게 '에프엠 김'이나 '루틴 김' 같은 별명을 붙였다. 퇴근 후에 함께 어울리지 않는 걸 못마땅해하는 표현이기도 하다. 거기에 대해 별 불만은 없다. 남과 맞추는 일이 서툴기 때문에 개인적 성향을 갖는 건 어쩔 수 없는 일이다. 설명을 하거나 동의를 구할 만큼 친절한 성격도 못되었다. 나는 내가 감당할 수 있는 규모로 내 삶의 동선을 만들고 그 안에서 내가 아는 방식대로 스스로 정한 만큼만 즐겼다.

그녀가 아니었다면 그 동선 밖으로 나갈 일은 없었을지도 모른다. 대열에 끼어 있는 보편적인 사람이라는 인상을 드러냄으로써 나라는 불길한 존재를 숨기도록 해주는 수트를 벗을 일이 없었던 것처럼. 그녀를 만나기 위해 나는 내 영지의 울타리를 넘은 셈이었다. 거기에서 나라는 인간의 맨얼굴과 대면했다. 당황하긴 했지만 혐오감이나 적의나 수치심을 느낄 만큼 긴 시간은 아니었다.

밤에 혼자 마시는 술이 점점 늘어간다. 하지만 아직 주방의 유리장 안에는 글렌리벳과 라프로익이 있다. 발베니 병에도 술이 좀 남아 있을 것이다. 지금 나는 저 밤의 창에 조영된 대로 술잔을 든 채 수트 차림으로 돌아와 있다. 그녀가 갑자기 떠나버렸다는 사실은 읽어버린 편지처럼 서랍 깊숙이에 넣고 닫았다. 부모가 내게 준 세계가 그랬듯 상실이란 더할 수 없는 단순함과 그리고 상상할 수 없는 허무의 스케일을 갖고 있다. 그 안에 머무는 한 그 이상으로 안전한 삶은 없다.

왜 내게 향기를 맡게 했을까, 장미의 왕자. 내가 건네준 적 없는 나의 장미까지 가져가버렸다.

수건으로 머리를 감싼 채 욕실 문을 열고 나오자마자 전화벨 소리가 귀를 때린다. Y는 여전히 화난 목소리다. 아까와 달리 나에게도 화가 나 있다. 뭘 하길래 빨리 안 받아? 아, 시끄러. 됐고. 안되겠어. 너 당장 좀 찾아봐. 그 새끼 양복이 있나 없나 온 집안을 다 뒤집어봐, 알았어? 당연히 없지. 근데 이 새끼가 바득바득 끝까지 우기잖아. 그 양복 한벌 땜에 재벌 못된 모양이야. 기지배한테 차였거나. 암튼 너, 찾아보고 전화해. 없지. 없는 거 아는데, 아 몰라. 나 왜 이렇게 이 새끼 시키는 대로 하고 자빠졌냐? 암튼 이 새끼, 하나밖에 없는 양복이라면서 너무 우겨. 그니까 빨리 찾아. 전화는 또 일방적으로 끊어진다.

　방 한가운데 선 채로 원룸의 실내를 둘러본다. 높게 개켜놓은 이불과 텔레비전과 싸이즈가 다른 여행가방 두개와 낮은 탁자. 탁자 위에는 구식 데스크톱과 키보드와 마우스, 택배 상자들이 뒤죽박죽 쌓여 있다. Y의 물건들이다. 나는 온라인게임도 하지 않고 인터넷 쇼핑도 드라마 다시 보기도 블로그나 페이스북, 인스타그램 같은 데에도 흥미가 없다. 이 집 어디에나 내 물건은 아주 조금밖에 없다. 집세는 내가 더 적게 내야 할는지도 모른다. 기다란 조립식 철제 행거가 휘어지도록 걸쳐져 있는 잠시 유행하는 옷들과 핸드백, 그 옆의 벽에 기대어진 거울, 바구니에 든 각종 화장품과 향수, 냉장고 속의 먹다 남은 소주병과 요구르트와 꼬마김치와 황도 통조림, 욕실에 걸린 때 묻은 샤워가운과 각질제거제, 그리고 누군가에게서 선물로 받았다는 배를 누르면 딸꾹질을 하듯 사랑을 고백하는 곰인형과 벽에 붙은 아이돌 가수의 브로마이드와 재떨이로 사용하는 틴 케이스 두개와 솜이 많이 들어 있지 않은 하트 모양의 납작한 빨간색 쿠션까지, 이 모두의 주인은 Y다. 나는 저 물건들 거의 다를 싫어한다. 멋진 체격의 남자들이 단체로 수트를 입고 등장하는 독일 축구팀의 화보집만 빼고.

　사실 나는 갖고 싶은 게 별로 없다. 어차피 갖지 못할 거라는 생각이 먼저 들어버린다. 사람들은 모두 뭔가를 갖고 있기 때문에 거기 걸맞은 무엇을 더 갖추려고 하고 욕망은 바로 거기에서 생겨나는 게 아닐까. 나는 가진 게 없기 때문에 원하는 것도 없는지 모른다. 필요한 것은 많지만 원한다는 건 그것과는 다른 뜻이다. 그것은 욕망과도 다른 뜻일 것 같다. 내가 깨닫는 모든 것이 그렇듯 당신을 통해서 알게 되었다. 나는 당신을 원한 것도 욕망한 것도 아니었다. 당신을 바라보는 것만으로 내 안에 불이 켜지는 것 같았다. 아름다운 발광 액체가 되어서 당신에게로 흘러가 스며들어 당신이 되는 느낌이었다.

당신은 언제나 수트를 입는다. 당신이 찻집의 문을 열고 들어설 때면 언제나 바람의 가벼운 기척과 희미한 향기가 함께 들어온다. 작은 강아지 한마리가 숨어 있을 것 같은 재킷 속의 공간에서 당신의 체온이 아주 조금 새어나와 내가 있는 실내 공기에 섞이는 것이다. 나는 창가 자리로 걸어가는 당신의 뒷모습을 본다. 알맞은 보폭에 맞춰 우아하게 흘러내리는 바지 주름의 조용한 물결, 걸음을 옮길 때 살짝 드러나는 구두 굽의 클래식한 안정감. 커피를 기다리는 동안 당신은 다리를 꼬고 의자에 등을 기댄 채 멍하니 밖을 내다보곤 한다. 옥스퍼드 구두와 날렵한 바짓단 사이로 당신의 발목이 살짝 드러날 때 나는 그것을 붙잡고 있는 양말목의 촘촘한 고무뜨기와 부드러운 탄력을 상상할 수 있다. 두 손을 깍지 끼듯 당신의 발등을 감싸고 있는 구두끈의 적당한 장력과 함께 말이다.

내가 자리로 다가가면 당신은 나와 잠깐 눈을 맞춘다. 부드럽게 웃어 보이는 짧은 순간이 지나고. 탁자 위에 조심스럽게 찻잔을 내려놓으며 내리깐 내 눈길은 당신의 손을 보고 있다. 수트의 소매로부터 이어지는 당신의 손등과 손가락 관절과 손톱 반달의 섬세한 움직임. 그리고 당신이 잔을 들 때 근육을 따라 팽팽하게 당겨지는 팔꿈치의 긴장감. 그 모든 것에서 장미의 향기가 난다. 당신이 찻잔을 내려놓는 순간 재킷의 단추는 가볍게 탁자 표면에 부딪히며 희미한 소리를 내고, 그 소리는 찻잔이 탁자 위에 안전하게 놓였다기보다 당신이 나를 수트 어딘가에 있는 비밀 공간에 들여놓고 똑딱이 단추를 탁 하고 잠그는 신호처럼 들린다.

나는 잠시 쟁반을 들고 선 채로 당신의 목과 그것을 감싼 셔츠의 빳빳한 깃과 물방울 보석 같은 넥타이의 딤플에 눈길을 준다. 당신은 커피를 한모금 마신 뒤 받침접시에 잔을 내려놓고 고개를 비스듬히 기울이는 버릇이 있다. 그런 다음 손가락 끝으로 가볍게 눈썹을 문지르며 향을 음미하는 것이다.

카운터로 돌아온 뒤 나는 당신의 실루엣을 본다. 잡지를 뒤적이거나 전화 통화를 하거나 태블릿 PC로 간단한 작업을 하거나, 나는 그 시간이 길어지기만을 바랐다. 당신이 몸을 움직일 때마다 넥타이는 벨트 근처에서 기분 좋게 흔들리고, 패딩으로 세워진 두 어깨는 당신의 주변을 균형 잡힌 공간으로 연출해내고, 그리고 당신의 등을 보면…… 어쩐지 나는 당신이 수트를 입고 스쿠터를 타는 모습을 상상하곤 했다. 타이와 옷자락이 허공에 날리고 온화한 해안처럼 부드러운 곡선을 가진 당신의 등은 속도와 함께 한껏 부풀어 바람 속을 뚫고 가는 것이다. 어디로 가는지 알 수 있다. 아주 먼 곳, 장미꽃이 가득 피어 있는 왕자의 영지. 물론 나와 함께이다. 나는 당신의 뒷자리에 타고 있는 게 아니다. 나는 당신이 입은 아름다운 장미 수트이다.

난로 위의 주전자가 김을 내뿜기 시작하자 좁은 실내에 갑자기 습도가 높아진다. 젖은 머리를 수건으로 닦다 말고 나는 유리창이 가장자리부터 뿌옇게 흐려지는 걸 물끄러미 바라본다. 그리고 고개를 돌려 방 안을 둘러본다. Y의 남자친구 말대로 이 집 어딘가에 수트가 있다면 그는 왜 한벌밖에 없는 수트를 이곳에 놓고 간 걸까. 다시 한번 실내를 둘러보지만 워낙 용량 이상으로 사용하고 있는 공간이라 수트가 숨을 만한 틈은 전혀 보이지 않는다.

텔레비전을 켠다. 채널은 패션 전문 케이블방송에 맞춰져 있다. 때로 당신은 크리에이티브 디렉터라는 이름으로 방송에 나와 옷에 대해 충고와 제안을 하고 모델을 심사하거나 패션쇼를 소개한다. 언제나 수트 차림이다. 당신이 청색 줄무늬가 들어간 셔츠와 딥블루 수트를 입고 맨 처음 내가 일하는 찻집 문을 열고 들어왔을 때의 전율을 나는 잊을 수 없다. 텔레비전 속에서 본 것과 똑같은 차림이었다. 당신은 카운터를 향해 천천히 걸어왔고 그 걸음걸이에 따라 마치 마을의 결혼식날 성당 종소리가 울리듯 햇살이 실내에 가득 퍼졌으며, 나는 드디어 내 생일에 초대받지 못한 사악한 마녀의 저주가 풀렸다는 감동에 차서 내게로 다가오는 당신을 눈이 부신 듯 바라보았던 것이다.

Y의 전화벨 소리가 나를 다시 또 한번 깜짝 놀라게 만든다. 아무리 반복되어도 익숙해지지 않는 것이 있다. 찾아봤어? Y는 많이 누그러져 있다. 화가 났다기보다 약간 의심스럽고 또 호기심마저 어

린 목소리이다. 있잖아, 근데 좀 진짜 같기도 해. 얘가 금방 들통날 거짓말을 두시간이나 우길 정도로 또라이는 아니거든. 비닐 케이스에 넣어놨다는데, 행거 바닥도 살펴보고 텔레비전 뒤에 떨어졌는지도 좀 볼래? 여름이불 사이에 끼여들어갔는지 거기도 확인해봐. 근데 너, 혹시 아직까지 안 찾아보고 있었던 거 아냐? 맞지? 또 패션 채널 보니? 빨리 좀 찾아봐, 좀. 얘가 막 집으로 쳐들어가겠대. 이러다가 하룻밤 재워줘야 할지도 모르겠어. 참 내, 인간이 불쌍해서 말야. 여튼 찾아보고 전화해라, 알았지? 이번에는 나도 대꾸할 말이 있었는데 Y의 전화는 앞의 두번과 마찬가지로 일방적으로 끊겨 있다.

케이블방송에서는 흘러간 씨즌의 프로그램을 재방송하고 있다. 출연자들 모두 여름옷 차림이다. 일제히 웃어대지만 낯선 언어를 쓰는 나라의 코미디 프로그램을 보는 것처럼 영문을 알 수가 없다. 저곳도 나만 빼고 모두가 웃고 있어 나를 당황하게 만드는 세상인가. 불현듯 그런 생각이 든다. 이 집 어디에도 남자 수트 따위는 없을 거라는 생각 말이다.


수첩은 검은색이고 소가죽이었는데, 미래의 나에 대해 뭔가 적혀 있을 것만 같은 이상한 느낌이 들었다.


베를린 아니면 프랑크푸르트 공항에서였을 것이다. 비행기 출발

74

시각을 기다리는 동안 나는 언제나처럼 맥주를 마시기 위해 바를 찾았다. '커넥션'이라는 이름의 바는 몽블랑 면세점 옆에 있었다. 그 앞에서 문득 걸음을 멈춘 것은 진열장 안의 수첩이 눈에 들어왔기 때문이었다. 명함지갑만 한 메모용 수첩이었다. 하나는 접힌 채로, 다른 하나는 펼쳐진 채 두개가 나란히 진열되어 있었다. 품위 있는 광택이 나는 검은색 소가죽이었고 오른쪽 귀퉁이에서 몽블랑 고유의 엠블럼인 육각형 눈의 결정이 흰색으로 차갑게 빛났다. 펼치면 왼쪽에 부드러운 물결 모양으로 커팅된 카드 홀더가 두칸, 오른쪽에는 작은 분리형 수첩이 끼워져 있었다. 그리고 그 갈피에 역시 흰색 눈의 결정이 새겨진 매끈한 검은색 소형 볼펜이 오만하지만 성실한 자태로 얇은 가죽에 감싸여 꽂혀 있는 물건이었다. 알 수 없는 충동에 이끌려 나는 면세점 안으로 들어갔다. 검은색 정장을 입은 터키계 여자 점원으로부터 취향을 칭찬받은 다음 돈을 치렀고 고급스러운 상자에 포장되는 수첩을 조금 설레는 마음으로 지켜보았다. 그런데 비행기 안에서 두끼를 먹고 여섯시간을 자고 영화 두편을 보는 내내 뭔가 해결해야만 할 불필요한 문제를 지니고 있다는 느낌에서 벗어날 수 없었던 건 왜였을까. 돌아오자마자 나는 그 수첩을 그녀에게 선물했다. 그뒤로 그 수첩을 본 적이 없다. 그녀에게서 그것을 쓰고 있다는 말을 들은 적조차 없다. 사흘 정도 내 여행가방에 들어 있었던 짧은 인연을 끝으로, 그녀가 떠난 것과 함께 그 수첩은 나와 전혀 관계없는 물건이 되었다.

그 여자 손님을 기억하는 것은 얼굴이 너무나 창백했기 때문이었다. 마치 무슨 약을 삼켰고 독이 퍼져가는 상태 같았다. 끝이 부러진 그녀의 길고 붉은 손톱은 가짜 가시를 연상시켰다.

수첩을 놓고 간 젊은 여자 손님은 처음 보는 얼굴이었다. 혼자 들어와 스피커 아래 안쪽 자리에 앉았는데 누굴 기다리는 것 같지는 않았다. 뜨거운 아메리카노를 주문했고 화장실에 한번 다녀왔고 따뜻한 물을 청했고 탁자 위에 수첩을 올려놓았지만 뭘 쓰는 건 아니었다. 계속 창밖만 바라보다가 갔다. 그녀가 나간 뒤 나는 탁자 위에서 수첩을 발견했다. 안을 열어보니 명함 한장이 꽂혀 있을 뿐 신분증은 없었다. 그것을 그대로 분실물 보관 서랍에 넣어두었다. 마침내 독이 다 퍼져 어느 외딴 골목 안에서 혼자 쓰러져버리지 않았다면 그런 손때 묻은 고급 물건을 찾으러 오지 않을 리 없다고 생각했다. 오늘에야 그 수첩에 꽂혀 있던 명함을 꺼내서 보았다. 남자 이름이었다. 대기업의 로고가 찍혀 있고 중간 관리직쯤 되었기 때문에 그녀의 명함은 아닌 게 분명했다. 수첩을 꼭 돌려주어야 한다면 그 명함의 주인에게 돌려주는 것밖에 방법이 없다. 내일이나 모레 그 명함에 적힌 번호로 전화를 걸지도 모르겠다.

—이번 씨즌에 나는 어떤 지독한 배역을 연기하기에 때로 막 뒤에서 진짜 눈물을 흘리는 걸까.

이 문장을 끝으로 그녀의 수첩에는 아무것도 적혀 있지 않았다.

갑자기 내 가슴이 뛰기 시작한다. 귀에 익은 목소리를 따라 고개가 돌려진다. 텔레비전에 당신이 나와 유행 아이템을 설명하는 중이다. 그런데 조금 전의 프로그램처럼 여름 씨즌의 재방송이라 당신은 반팔 남방셔츠를 입고 있다. 그것이 내 눈에는 소매가 아니라 팔이 잘린 것처럼 보인다. 수트가 없는 당신은 어깨도 등도 없다. 작은 강아지가 들어갈 만한 비밀의 공간도 갖고 있지 않다. 깃을 따라서 우아한 Y자로 분할하여 박음질된 가슴도, 심장을 향해 당겨진 팔꿈치도, 손가락 관절과 반달 손톱도 없는 당신. 파나마셔츠 모양의 납작한 옷본으로만 남은 당신이 카메라를 향해 말하고 있다. 저는 여름을 좋아해요. 정열적이고 낭만적인 계절이죠. 시원한 바다, 휴양지들, 비키니도 볼 수 있고요, 하하. 오늘 이 시간에는 멋진 여름옷의 세계로 안내해드리겠습니다.

나는 자리에서 벌떡 일어난다. 마음이 급해진다. 이 집에서 나가야 한다. Y에게서 다시 전화가 걸려오기 전에, 아니 그녀가 남자와 함께 들이닥치기 전에. 항상 그렇듯 Y는 일방적이고 변덕스러울 테고 Y가 하룻밤 재워준다는 남자는 그애의 말처럼 바보는 아닐 것이다. 그리고 그들이 말하는 하룻밤은 분명 하루에서 끝나지 않는다. 알고 있다. 나는 나를 반기지 않는 세상에 태어났고 투명인간이 되는 도장도 발명해내지 못했다. 그리고 정작 나를 바라봐주기를 바랐던 단 한사람은 나를 투명인간처럼 대했다. 오늘 찻집 앞 사거리에서 우연히 당신과 마주쳤다. 당신도 나도 혼자였다. 반사적으로 걸음을 멈춘 나의 곁을 당신은 무심히 지나쳐갔다. 그동안 당신의 웃음이 향한 곳은 내가 아니라 내가 걸친 찻집 에이프런과 쟁반이었다. 그것이 나의 장미였다.

여행가방은 둘 다 Y의 것이지만 빌리는 것이니 상관없다. 두개 중에서 좀더 큰 트렁크를 끌어내 바닥에 눕힌다. 먼지가 풀썩 인다. 무릎을 꿇고 앉아 지퍼를 연다. 비어 있는 줄 알았던 트렁크 안에 뭔가 들어 있다. 안쪽의 부착 고리에 걸려 있는 비닐 케이스, 남자 수트다. 가방을 완전히 열어젖힌 다음 나는 그것을 꺼내 천천히 들어올린다. 비닐 케이스를 벗기니 수트는 마치 마술사의 상자 속에 오래 갇혀 있다 밖으로 나온 남자처럼 숨을 크게 몰아쉬며 가슴을 편다. 드라이클리닝한 옷에서 나는 냄새 특유의 희미한 체취를 풍기며 이렇게 말한다. 제가 여름을 싫어하는 건 한가지 이유 때문이에요. 수트를 입지 못한다는 거죠. 특히 올해 여름은 견딜 수 없이 뜨겁고 길군요. 이런 식이라면 겨울은 절대 오지 않을 것 같아요. 그건 남자들이 결코 돌아오지 않는다는 뜻이죠.

나는 수트를 접어 도로 트렁크 안에 넣는다. 천천히 실내를 둘러본 뒤 탁자 위에 있던 독일 축구팀의 화보집을 집어다 트렁크에 넣는다. Y는 살이 휘어진 우산까지 챙겨간 남자친구가 정작 가장 아끼던 그 화보집을 탁자 아래 둔 채 빠뜨리고 간 걸 무척 고소해했다. 싸구려 양복 한벌 없는 주제에, 그런 사진을 보고 있으면 지가 뭐라도 된 것 같나?라며 욕을 덧붙이곤 했다. 나는 방 안의 물건을 트렁크에 집어던지기 시작한다. 딸꾹질하는 곰 인형과 빨간색 하트쿠션도 넣고 행거에 걸린 옷과 가방을 닥치는 대로 쑤셔넣는다. 욕실로 들어가서 목욕가운과 각질제거제와 여성용 면도기도 갖고 나온다. 발에 차이는 나의 낡은 숄더백, 그것은 버리고 갈 것이다. 그 안에서 이어폰만 꺼내 줄을 정리한 뒤 트렁크에 옮겨 담는다. 휴대폰과 손지갑, 여자 손님의 수첩까지 찾아서 넣고 나니 더이상 챙길 물건이 없다. 또 뭘 더 가져가야 할까. 방 안 공기는 후끈 달아올라 있다. 온몸이 땀으로 젖은 채 나는 두 팔을 늘어뜨리고 방 한가운데 서 있다. 제대로 닦지 못한 젖은 머리카락에서 물기가 뚝뚝 떨어진다. 난로 위의 주전자에서는 더이상 김이 올라오지 않는다. 창문은 뿌연 김으로 완전히 뒤덮여 밖이 전혀 보이지 않는다. 언제 텔레비전을 껐을까. 정적 속에 나를 둘러싼 모든 것이 닫히고 막히고 정지되고 그리고 뿌옇게 흐려져 있다. 내 심장만이 금방이라도 터질 듯 빠르고 활기차게 뛴다. 갑자기 어떤 기척을 느끼고 뒤를 돌아본다. 아무것도 없다. 방바닥에 떨어져 있는 네모난 흰 종이는 그녀의 수첩에 끼워져 있던 명함일 뿐이다.

대
용
품

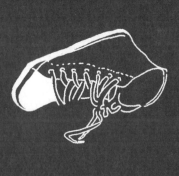

## 봄밤

그해 봄 두 소년은 열세살이었다. 어른들의 당부와 독려와 충고가 부쩍 늘어났다. 소년들에게는 그것 모두가 잔소리로 여겨졌다. 으레 똑같은 문장으로 끝나기 때문이었다. 내년이면 너도 중학생이다. 그것은 끝나가는 유년에 대한 유감이라기보다는 책임감과 시간을 학습시키는 구태의연한 교육방식이었다. 더이상 어린애가 아니라는 말이 사실이기는 했다. 소년들은 나날이 몸이 달라졌다. 관심사와 거기에서 생겨나는 잡념도 많아졌다. 싫은 것과 불만과 두려움에 대한 견해는 강해졌지만 놀이와 장난에는 시들해졌다. 마음을 털어놓을 수 있는 대상은 아주 적은 수가 되었다. 그리고 별 불만 없이 시키는 대로 해오던 일이 하기 싫어졌는데, 그중 하나가 성당의 복사(服事) 일이었다.

무릎을 덮는 붉은 제의 위에 흰 가운을 걸치고 신부의 양쪽에 서서 십자가를 들거나 성체를 내오거나 촛불을 끄는 그 일을 두 소년은 일년 넘게 해왔다. 기분에 따라 쉽게 그만둘 수 있는 종류의 일도 아니었다. 신부님께 한번 말씀드려볼까, 못하겠다고. 아버지한테 먼저 말해야 하지 않냐? 안돼. 혼만 날 거야. 그날 저녁 평일미사를 마치고 집으로 돌아가는 길에 소년들은 그런 대화를 나누었다. 초저녁에 잠깐 얼굴을 비치는 초승달이 들어가버린 시각이라 골목은 제법 어두웠지만 담장 너머로 뻗어나온 꽃나무 가지에 마치 등불을 켠 듯 꽃송이들이 환히 피어 있었다. 신부님이랑 아버지, 누가 더 무서워? 둘 다. 묻는 소년은 농담투였지만 대꾸하는 소년의 목소리는 시무룩했다. 둘은 키 차이가 조금 났는데, 작은 쪽 소년이 활달하다면 큰 쪽은 조심스러운 편이었다. 하느님은? 하느님은 안 무서워? 하느님이 제일 무섭지. 그래도 다행히 하느님은 멀리 계시잖아. 얼마나 고맙냐. 응. 그래서 우리가 늘 감사기도를 드리는 거지. 둘은 눈을 마주치고 픽 웃었다.

사실 복사는 영예로운 자리였다. 그 자리에 뽑히기 위해서는 신앙심과 총명과 성실성 세가지가 모두 증명돼야 했다. 두 소년이 복사로 선택된 것은 그들의 부모가 사목회 임원이어서 그런 증언을 하기에 유리한 위치에 있었기 때문만은 아니었다. 그들은 전교 학생회장과 부회장이었다. 키 작은 소년은 전교 1등을 독차지해왔고

키 큰 소년도 늘 10등 안에는 들었다. 소년들이 다니는 읍 단위의 시골 학교에서 아이큐 140이 넘는 것은 그들 둘뿐이었다. 그리고 변성기의 조짐이 보이는 고르지 않은 목소리로 두런두런 얘기를 나누며 어두운 골목을 걷고 있는 그 봄밤이 지나 아침이 오면 소년들은 서울행 버스를 타기로 돼 있었다. 국립 연구기관에 정밀 지능 검사를 받으러 가는 거였다. 검사 결과 1급으로 판명되면 자신이 태어나고 자란 고향을 떠나 서울의 영재 교육기관에 입학할 것이었다.

소년들을 서울로 인솔할 지도교사가 김웅용이라는 사람에 대해 말해주었다. 너희들, 세계에서 제일 머리 좋은 사람이 한국사람인 거 알아? 아이큐 210이라 기네스북에도 올라 있어. 지도교사는 그가 세살 때 낸 책이 일곱 나라에서 번역되었고 네살 때는 이미 4개 국어를 유창하게 말했다고 했다. 한복을 입은 다섯살짜리 꼬마가 칠판 가득 미적분 문제를 푸는 모습이 일본 텔레비전 프로그램에서 방영돼 세계를 놀라게 했다. 그 천재는 여덟살 때 NASA에 들어갔다. 그래서 그 사람 지금은 어떻게 됐어요? 작은 소년의 질문에 지도교사가 얼굴을 찡그렸다. 그건 나도 몰라. 넌 늘 무슨 쓸데없는 질문이 그렇게 많냐? 그다음 말은 다소 누그러진 어투였다. 하긴 머리 좋은 놈이니까. 그러고는 큰 소년 쪽을 바라보았다. 넌 질문 없어? 네. 넌 또 왜 그래? 질문하는 걸 한번도 못 봤어. 다 알아? 친구가 머뭇거리자 곁눈으로 지켜보고 있던 작은 소년이 대신 대답했다. 다 알걸요. 나도 알았다, 이놈들아. 지도교사가 어이없다는 듯 웃고 말았다.

근데, 왜 하기 싫어? 작은 소년이 큰 소년을 올려다보며 물었다. 복사? 응. 그냥. 큰 소년이 길게 대답하고 싶지 않은 눈치였으므로 작은 소년은 더 묻지 않았다. 그즈음 큰 소년은 자주 혼잣생각에 잠기곤 했다. 서울 가는 것도 싫은 눈치였고 성당에 있을 때도 시들하거나 불편한 표정이었다. 큰 소년이 작은 소년 쪽으로 고개를 돌렸다. 넌? 너도 싫댔잖아. 아, 나? 난 네가 싫다길래. 그런 게 어딨냐? 왜 없냐? 소년들은 서로 턱을 앞으로 내밀었다. 그러나 억지 반격을 기다렸던 작은 소년의 기대와 달리 큰 소년의 눈빛에는 이내 장난기가 사라졌고 대화는 거기서 끊겼다.

둘은 한참을 말없이 걸었다. 작년까지만 해도 그들은 조용히 걷는 법이 없었다. 할 말이 떨어지면 신발 차기라도 하며 갔다. 신발 한짝을 발 앞부리에 걸치고 멀리 찬 뒤 앙감질로 쫓아가서 다시 또 차올리는 장난이었다. 때로 신발이 담장을 넘어 모르는 집 마당으로 떨어지기도 했다. 대문에 '개조심'이라고 씌어진 집으로 넘어가 버리면 특히 난감했다. 큰 소년은 수줍음이 많고 긴장하면 말을 더듬었다. 키 차이가 나는데도 둘의 발 크기는 비슷했다. 큰 소년의 신발이 담장을 넘어가는 경우에도 집주인에게 꾸중을 들으며 신발을 찾아오는 건 언제나 작은 소년이었다. 한쪽만 남은 신발을 바꿔 신고 가서는 자기 신발을 찾으러 온 척 용서를 구했다. 그런 다음 소년들은 뒤꼭지에 집주인의 시선을 의식하며 최대한 자연스러운 걸음으로 걸어나오곤 했다. 소년들이 다시 자기 신발로 바꿔 신는 장소는 대개 골목 마지막 집 앞이었다. 신발 차기를 하지 않았을 때에도 그 집이 가까워지면 누가 먼저랄 것도 없이 걸음이 느려졌다.

그 집에는 같은 반 소녀가 살고 있었다. 골목 쪽으로 창문이 나 있는 작은방의 그 주인은 소년들이 피우는 소란에 한번도 반응을 보인 적이 없었다. 그걸 알면서도 소년들은 장난을 그만두지 않았다. 작년의 소년들이었다면 아마 그날밤도 그 집 앞에서 걸음을 멈췄을 것이다. 얼굴에 엷은 홍조가 떠올랐을 테고 그 집의 담장 밖으로 뻗어나온 하얀 목련꽃을 조준해 신발 한짝을 힘껏 차올렸을 것이다.

그러나 그날밤 소년들은 골목 마지막 집을 묵묵히 지나쳤다. 주머니에 넣었던 두 손을 빼지도 않았고 불이 밝혀진 창문을 향해 바람 소리가 새는 서툰 휘파람을 불지도 않았다. 헤어질 때 소년들은 여느 때처럼 심상히 인사를 주고받았다. 내일 보자. 응. 하느님께 기도하고 자, 일찍 깨워달라고. 그 말을 끝으로 둘은 멀어졌다. 개 짖는 소리가 멀리 들려올 뿐 골목 안은 정적에 잠겨 있었다. 그 봄밤, 골목 깊숙이 소년들의 그림자는 조용히 움직였고 탐스럽게 꽃 핀 목련나무 가지가 담장 너머로 뻗어나와 바람에 흔들렸으며 바깥의 기척에 귀를 기울이던 창문 안의 소녀는 빼놓았던 이어폰을 다시 귀에 꽂았다. 볼륨을 작게 해놓았으므로 워크맨에서 흘러나오는 노랫소리는 아주 먼 곳에서 들려오는 것 같았다.

## 멀미

다음 날 새벽 어스름 속에서 소년들은 첫 버스를 탔다. 버스 안에는 당일치기로 서울에 다녀오려는 승객들이 드문드문 좌석을 메우고 있었다. 소년들은 앞쪽 자리에 앉은 지도교사의 시야에서 되도록 멀리 벗어나 있으려고 뒷좌석에 나란히 자리를 잡았다. 먼저 올라탄 작은 소년이 창가 자리였고 큰 소년은 통로 쪽이었다. 좌석을 돌아다니며 표를 확인하던 버스 기사가 소년들에게 앞쪽 빈자리를 놔두고 멀찌감치 떨어져 앉았다고 잔소리를 했다. 고약한 입내에 술냄새까지 섞여 있었다. 차가 출발하자마자 아침을 거른 소년들은 가방에서 빵과 우유와 바나나를 꺼내 먹기 시작했다. 버스가 국도를 벗어나 산길로 접어들 즈음 큰 소년의 낯빛이 핼쑥해졌다. 멀미에다 체하기까지 했는지 속이 메슥거린다고 하자 작은 소년이 등을 몇번 토닥여주었다. 큰 소년의 이마에 식은땀이 배어나는 걸 보고는 창을 조금 연 뒤 창가 자리를 양보하기도 했다. 구불구불한 재를 넘어갈 때 길이 특히 험했다. 차가 심하게 덜컹거려 신경이 쓰였는지 지도교사가 뒤를 돌아보았다. 그러고는 자기 자리로 와보라는 손짓을 했다. 일어난 것은 자리를 바꿔 통로 쪽에 앉아 있던 작은 소년이었다.

작은 소년이 흔들리는 버스 안에서 어렵사리 균형을 잡으며 앞쪽을 향해 비틀비틀 걸음을 옮기고 있을 때 그 일이 일어났다. 비탈길을 돌던 버스가 낭떠러지 아래로 굴렀다. 대부분 잠들어 있던 승객들이 사태를 깨달았을 때는 버스가 산 중턱의 바위에 걸쳐진 채 가까스로 바퀴의 움직임을 멈춘 뒤였다. 정신을 차린 승객들이 선반에서 쏟아져내린 짐을 챙겨 앞다투어 버스 안을 빠져나가기 시작했고 여기저기에서 조심히 움직이라는 외침이 터져나왔다. 지도교사를 포함해 몇사람이 다쳤지만 치명상은 아니었다. 경찰과 응급차가 도착했을 때쯤에는 상황이 대충 정리되고 승객들의 흥분도 어느정도 진정된 뒤였다. 몸이 허공으로 떠올라 이리저리 내동댕이쳐지면서 온몸의 뼈가 부러진 한 소년의 죽음이 아니었다면 경미한 사고일 수도 있었다.

큰 소년은 영화라도 보고 있는 듯 아무것도 실감이 나지 않았다. 구급차 안에서 누군가 골절상을 입은 소년의 팔에 압박붕대를 감을 때도 별다른 통증을 느끼지 못한 채 자기 팔을 멍하니 내려다보았다. 자신이 작은 소년의 신발을 신고 있다는 것도 깨닫지 못했다. 병원에 도착한 지 얼마 되지 않아 아버지가 달려왔다. 아버지가 물어서야 소년은 왜 친구의 신발을 신게 되었는지 기억을 더듬었다. 명치께가 답답해서 허리띠를 풀었고 그러면서 신발까지 벗었던 게 기억났다. 그리고 사고가 난 뒤 소년이 맨발인 것을 보고 구조대원이 버스 안에서 주워와 신겨준 것이 그 신발이었다.

친구의 신발은 아버지에 의해 즉시 벗겨졌다. 곧바로 어딘가에 버려졌을 것이다. 아버지는 재수가 없다며 사고가 난 날 소년이 입었던 점퍼와 바지도 내다버렸다. 서울 나들이를 위해 새로 산 옷들이었다. 어디로 갔는지 알 수 없는 소년의 신발 역시 전날 저녁 아버지가 자신의 가게에서 상자째로 갖고 들어온 신상품이었다. 아버지는 그날로 똑같은 신발 한켤레를 새로 가져다주었다.

한동안 소년은 팔에 깁스를 하고 학교에 다녔다. 복사 일은 할 수가 없었다. 깁스를 풀어 팔이 자유로워진 뒤에도 다시 돌아가지 않았다. 죽은 친구의 기억이 고스란히 담긴 그 자리로 돌아가라고 강요할 사람은 이제 아무도 없었다. 정밀 지능검사도 받을 필요가 없어졌다. 테스트는 일년에 한번 실시되었고 기회는 다시 오지 않았다. 아버지는 대신 서울로 이사하기로 결정했다. 아버지의 오랜 계획이 실현된 것이었다. 머리 좋은 소년의 교육을 위해서라는 말에는 꿈쩍 않던 큰아버지도 죽음의 기억에서 벗어나야 한다고 하자 아버지에게 장사 밑천을 빌려주지 않을 수 없었다.

이사는 여름방학이 시작된 다음 날로 잡혔다. 구름 한점 없이 아침부터 햇볕이 뜨겁게 내리쬐는 날이었다. 이삿짐 트럭이 버스 사고가 났던 구불구불한 재를 넘어갈 때 소년은 차창 밖을 멍하니 바라보았다. 짙은 녹음이 온 산을 뒤덮고 있었다. 그것들은 소년의 시야를 휙휙 지나쳐 사라져갔다. 어느 순간 자신이 더이상 멀미를 하지 않는다는 걸 깨달았지만 그것은 소년에게 별다른 감정을 불러일으키지 않았다.

사고가 일어나기 전날밤이 떠올랐다. 친구의 그림자가 골목을 빠져나간 뒤 소년은 혼자 담장에 기댄 채 서 있었다. 별이 유난히 많았고 마치 물줄기를 이루어 어딘가로 흘러가는 것 같았다. 소년이 기도를 했던가. 그 밤 이후 많은 것이 변했다. 그중에 소년이 진정으로 원한 변화는 아무것도 없었다. 그럼에도 그날밤 자신이 소원했던 모든 일이 이루어졌다는 사실 때문에 소년은 혼란에 빠져 있었다. 그 혼란은 슬픔보다는 고독의 얼굴로 다가왔다.


## J

J는 그다지 눈에 띄지 않는 존재로 학창시절을 보냈다. 앞장서지도 뒤처지지도 않았으며 늘 무리에 섞여 있었다. 여전히 수줍음이 많은 편이었지만 말을 더듬지는 않았다. 혼자 있기를 좋아해서 대부분의 시간을 제 방의 책상 앞에서 보냈다. 성적은 큰 기복 없이 그럭저럭 상위권을 유지했다. 머리가 좋으니 조금만 노력하면 두각을 나타낼 텐데 욕심이 없어서 탈이라는 아버지의 안타까움과는 상관없이 그 정도가 자신의 자리라는 게 그의 생각이었다.

대학을 졸업하고 직장을 구하자마자 그는 월세 오피스텔을 구해 집에서 독립했다. 자동이체로 매달 부모에게 용돈을 보내는 것은 거르지 않았지만 집에는 한두달에 한번 들르는 정도로 발길이 뜸했다. 주말이면 밀린 청소와 빨래를 하고 장을 봐서 조촐하나마 손수 요리를 해 먹으며 시간을 보냈다. 자전거를 타고 강변을 달리거나 샤워를 마친 뒤 다림질한 셔츠를 입고 심야영화를 보러 나가기도 했다. 어떤 날은 집에 틀어박혀 컴퓨터게임을 하고 야구 중계를 보고 헤비메탈 음악을 들었으며 차가운 맥주를 마시다가 벌떡 일어나 혼자 춤을 추는 일도 있었다. 늦은 밤 차를 몰아 강바람을 쐬러 가는 것과 포장마차 구석 자리에 앉아 국수를 먹는 것도 하나의 취미였다. 여행은 즐기지 않았다. 변화를 싫어해서 주인의 요구대로 월세를 올려주며 몇년째 같은 집에서 살고 있었다. 그사이 직선 도로가 뚫렸는데도 첫 출근 하던 길로만 운전을 했다.

물건만은 자주 바꾸는 편이었다. 쉽게 버리고 금방 다른 걸 새로 샀다. 새것을 좋아한다기보다 오래 곁에 두고 아끼는 물건이 없다고 하는 편이 맞을 것이다. 사람을 대하는 태도도 비슷했다. 조직에 잘 적응하고 동료들과도 사이가 좋았지만 특별히 친하거나 오래 만나는 사람은 없었다. 매뉴얼대로 사는 사람이 갖기 마련인 정돈됨 때문에 어딘가 규격품 같은 느낌을 주기도 했다. 그러나 그 규칙성과 건조함에 싱거운 유머감각이 보태지면 유능하고 담백한 성격으로 비쳤고 그 결과 곧잘 여자들의 호감을 사는 것도 사실이었다. 여자친구는 있기도 하고 없기도 했다.


## 해후


그녀는 J를 한눈에 알아보았다. 십구년 만이니 길에서 마주쳤다면 그냥 지나쳤을지도 모를 일이었다. 하지만 그곳은 어떤 식으로든 친분이 있는 사람들이 한자리에 모이는 결혼식장이었다. 오랜만에 만난 친척과 옛 친구들이 서로 안부를 묻고 소식을 전한 뒤 또다른 아는 사람을 찾아다니느라 혼잡을 이루고 있었다. 대절 버스로 상경한 그녀의 어머니도 그 무리 속에 있을 것이다. 예식이 시작되기 전이었다. 그녀는 식장 안으로는 들어가지 않을 생각이었으므로 복도의 기둥 뒤에 선 채 어머니를 눈으로 찾았다. 그녀의 시선이 눈에 익은 어른들 몇명을 스친 뒤 엘리베이터 앞에 서 있는 키 큰 남자에게서 멈추었다. 그녀는 눈을 한번 깜박거렸다. 다음 순간 자신도 모르게 입속으로 그의 이름을 중얼거렸다. 그리고 마치 그 소리를 듣기라도 한 듯 J가 고개를 돌렸고, 둘은 눈이 마주쳤다.

기둥 뒤에서 나온 그녀는 복도 끝의 창가를 향해 걸어갔다. J 역시 그녀 쪽으로 천천히 다가오는 게 보였다. 그녀는 J가 자신을 바로 알아보았다는 사실을 신기해하다가 그의 눈에 비친 자신의 모습이 초라하리라는 데에 생각이 미쳤다. 어머니가 잘 차려입고 나오라고 당부를 했지만 옷이 마땅찮아 그냥 청바지에 코트를 걸치고 나온 참이었다. 봄에 입기에는 두꺼운 모직 코트에 미용실에 다녀온 지 오래되어 부스스한 머리를 고무밴드로 묶고 모서리의 가죽이 닳은 숄더백을 멘 모습이었다. J도 결혼식 하객의 차림새는 아니었다. 밝은색 진 바지 위에 면 재킷을 받쳐 입고 스니커즈를 신고 있었다. 그러나 그 모습에서는 세련된 취향과 여유가 풍겨났고 무채색의 정장으로 가득 찬 공간 속에서 오히려 산뜻한 느낌을 주었다.

그들은 먼저 웃음이 담긴 눈빛을 교환했다. 오랜만이다. 그래. 짐짓 밝은 목소리로 그녀가 물었다. 여기는 어떻게 왔어? 부모님 땜에? 응, 엄마가 태워달래서 모시고 왔어. 아버지 낚시 가셨다고. J는 자신의 말투가 뜻밖에도 스스럼없이 자연스럽게 흘러나오는 걸 느꼈다. 넌? 나도 엄마 만나러. 그녀는 머쓱한 웃음을 짓더니 말을 이었다. 실은 김치 받으러 왔어. 김치를 못 담가서 엄마한테 얻어먹어. J의 눈길이 한쪽 뺨에만 팬 그녀의 볼우물에 가닿았다. 어색한 동작으로 코트 주머니에 두 손을 집어넣으며 그녀가 덧붙였다. 참, 나 결혼했어. 그래? 응, 넌 안했지? 그래 보이는데. 응, 안했어. 근데 너, 이따 나 태워줄 수 있어? 갑작스러운 그녀의 말에 J는 잠시 멍한 표정이었지만 이내 선선히 고개를 끄덕였다. 어디를? 집에. 김치냄새 때문에 버스 타기 좀 그랬는데, 네가 차 있다니까. 그래, 타. 좀 먼데 괜찮아? 괜찮아. 너 운전 잘해? 잘해. 그럼 김치 갖고 올게 기다려. 그녀는 몸을 돌려 다시 어머니를 찾기 시작했고 J는 반사적으로 또 한번 고개를 끄덕였다.

그녀의 뒷모습을 눈으로 따라가던 J는 그녀가 무리에 섞여버린 뒤 주머니에서 전화기를 꺼냈다. 어머니에게 급한 일이 생겨 기다리지 못하고 간다는 문자를 보낸 다음 전원을 껐다. 지하 주차장에서 기다리겠다는 J를 군이 식장까지 데려다달라며 끌고 올라왔던 어머니는 실망과 더불어 아들의 냉정함에 비난을 퍼붓겠지만 상관없었다. 어머니를 집으로 데려갈 택시는 얼마든지 있었다.

그는 창턱에 몸을 기댔다. 커다란 창으로 봄날 오후의 햇살이 비쳐들어 유난히 환한 자리였다. 등에 닿는 볕의 기척도 따뜻했다. 아침마다 그녀의 집에 들러 함께 학교로 가던 시절이 있었다. 학년이 높아지면서 사이가 서먹해지기 전까지였다. J가 이름을 부르면 골목으로 난 창문을 열고 기다려,라고 말하던 그때도 그녀의 억양은 야무지고 다정했다. 그때는 그들이 서로 먼 훗날 우연히 마주치는 사이가 되리라곤 상상하지 못했다. 얼마나 많은 시간이 흐른 것일까. 그때의 소년과 소녀가 상상했던 미래에서 얼마나 벗어나 멀어져버린 것일까. 생각에 잠길 때의 버릇대로 J는 창밖으로 시선을 돌렸다. 연둣빛 새잎이 돋아난 가로수 가지가 흔들리는 걸 물끄러미 바라보았다. 흘러가버린 시간의 기다란 띠 어딘가의 매듭 부분에서 한 소년의 그림자가 잠깐 나타났다 사라졌다.

## 소년과 소녀

보자기에 싸인 플라스틱 통을 들고 다시 나타난 그녀를 옆자리에 태우고 J가 주차장을 나왔을 때는 짧은 봄날 해가 얼추 기운 시각이었다. 그녀가 사는 서울 외곽의 아파트 단지까지는 평일 낮에도 한시간은 걸리는 거리였다. 토요일이라서 정체가 심했다. 웨딩홀이 밀집한 강남을 빠져나오는 데에만도 꽤 시간이 걸렸고 강변북로에 진입한 뒤에도 체증이 풀릴 조짐이 보이지 않았다. 도로를 가득 메운 차들을 바라보던 그녀의 입에서 가벼운 한숨 소리가 새어나왔다. 저기, 한강 쪽으로 빠질 순 없어? J는 내비게이션에 눈길을 던지며 천천히 대답했다. 있어. 빠져? 응, 답답해서. J가 싸이드

미러를 확인하며 차선을 바꾸는 동안 그녀는 그의 옆얼굴을 묵묵히 바라보더니 한마디 덧붙였다. 맥주 한 캔만 마시자. 꺾었던 운전대를 똑바로 되돌린 뒤 J가 그녀를 흘끗 바라보았다. 너 술 잘 마셔? 잘 마셔. 넌? 별로. 그럴 줄 알았어. 왜? 원래 좀 착하잖아. 성당 복사로도 뽑히고. 그녀의 말에 J는 아무 대꾸도 하지 않았다. 한강공원 진입로를 알리는 팻말이 나타나자 그녀는 어딘지 홀가분한 표정으로 등받이에 깊숙이 몸을 묻었다.

한강공원도 휴일을 즐기려는 사람들로 북적였다. 해가 기울고 바람이 많이 불어 어딘지 한풀 꺾인 풍경이었지만 아이들은 뛰어다니며 연을 날리거나 공놀이를 했고 여기저기에서 젊은 여자들이 깔깔거리며 사진을 찍었다. 운동하러 나온 사람도 많았고 군데군데 설치된 소형 텐트 안에서는 젊은 남자들이 입구를 열어젖히고 엎드린 채 컴퓨터게임을 하고 있었다. 편의점 앞의 파라솔은 모두 연인과 가족들 차지였다. J와 그녀는 주차장과 멀리 떨어진 구석 자리에서 비어 있는 벤치 한개를 발견했다. 쓰레기통 옆이었고 강이 잘 보이지 않는 위치였지만 어쩔 수 없었다.

J가 편의점에서 캔맥주와 스낵을 사 들고 벤치로 돌아왔을 때 그녀는 담배를 피우고 있었다. 그녀의 옆자리에 앉아 J는 말없이 캔맥주 두개를 차례로 땄다. J가 건네주는 캔을 한 손으로 받아들며 그녀는 다른 손에 들고 있던 담배를 신발 앞부리로 비벼 껐다. 그녀의 눈길이 J의 스니커즈에 머물렀다. 이거 새 신발이야? 아니, 왜? 너 맨날 새 신발만 신었잖아. 맨날은 아니었고. 맥주를 한모금

마신 J는 이마를 살짝 찌푸린 채 말을 이었다. 아무래도, 아버지가 가게를 하시니까. 맞아. 너희 집은 신발집, 너네 큰집은 목욕탕이었지. 기억력 좋네. 우리 어릴 때 여탕에서 가끔 만났잖아. 그걸 기억한다고? 유치원 때 아니었나. 그녀가 한쪽 볼에 보조개를 만들며 J의 얼굴을 빤히 바라보았다. 너 지금도 되게 순진하구나. 응, 점점 더 심해지는 것 같아. 썰렁한 농담도 똑같네. 아무튼, 그거 알아? 어릴 때는 너 신발이랑 목욕탕 공짜인 게 좀 부러웠어.

　J는 큰어머니가 일년 내내 하루도 빠짐없이 카운터를 지키고 있던 목욕탕의 뿌연 간유리 출입문을 떠올렸다. 그 문을 밀고 들어서기까지 얼마나 많은 용기가 필요했는지 모른다. 그대로 집에 돌아가버리고 싶었지만 그랬다가는 어머니에게 야단을 맞고 도로 보내질 게 뻔했다. 목욕을 하기 싫어서가 아니었다. 문 열리는 소리에 돈 받을 준비를 했다가 공짜 손님인 걸 알고 실망하는 큰어머니 보기가 민망해서였다. 물론 지나친 생각이라는 것도 알고 있었다. 큰아버지는 집안의 재산을 모두 물려받은 읍내 부자였고 동생들과 우애도 좋았다. 큰어머니가 소년을 달가워하지 않을 리 없었다. 그런데도 수건을 건네주는 큰어머니의 표정이 명절이나 제삿날 만났을 때와 달리 쌀쌀맞게 느껴졌으므로 J는 고개를 푹 숙인 채 인사도 하는 둥 마는 둥 탈의실로 들어가버리곤 했다. 순진했다기보다 소심했고 또 고지식했다. 세상의 선의를 그다지 신뢰하지 않을 만큼 철이 들었던 건지도 몰랐다. 어린 J의 생각에 어른이 되는 것은 욕망과 거짓을 잘 다루게 되는 일이었다. 자신으로서는 어림없는

일이었다.

 그녀는 캔맥주를 금방 비웠다. 새 캔을 따서 건네준 뒤 빈 깡통을 발 아래 내려놓던 J의 시선이 무심히 그녀의 낡은 구두를 스쳤다. 그녀는 무릎을 오므려 두 발을 벤치 안으로 밀어넣으며 멋쩍은 듯 말했다. 난 신발을 잘 못 버려. 옷은 안 그런데 신발은 쉽게 못 버리겠어. 왜? 몰라. 나를 너무 잘 기억하고 있어서? 내 발 모양이 새겨져 있잖아. 웃지 마. 진짜야. 그녀는 담배를 꺼내 불을 붙인 뒤 연기를 한모금 내뱉었다. 여행 갈 때도 낡은 신발을 신어야 안심이 돼. 신발은 발하고 바닥이 닿는 접점이잖아. 난 그게 익숙해야만 낯선 곳을 밟을 수 있는 것 같아. 실내 슬리퍼도 꼭 챙겨 가. 숙소 도착하면 맨 먼저 슬리퍼부터 꺼내 신고 안으로 들어가거든. 낯선 바닥에 발이 직접 닿는 게 싫어서. J는 고개를 돌려 그녀를 바라보았다. 왠지 그녀는 진지한 표정이었다. 충격 완충장치 같은 거지. 우린 안전하게 사는 법만 배웠잖아. 벗어나면 겁먹게 돼 있어. 넌 안 그래? 그녀의 목소리에서 취기가 느껴졌다.

 그녀가 발리에 갔던 때의 이야기를 들려주었다. 신혼여행이었다. 마지막 날 우붓 거리를 걸어다니다가 샌들 굽이 떨어져나갔다. 신발이 그것뿐이라서 새로 사야만 했다. 새 신발을 고른 뒤 계산을 하는 사이 가게 점원이 그녀의 낡은 샌들을 쓰레기통에 던져넣는 게 보였다. 그녀는 질겁을 하고 그쪽으로 달려갔다. 굽조차 떨어져나간 낡은 샌들을 포장해달라고 말하자 점원과 남편 모두 안색이 변했다. 그렇잖아. 수많은 시간 동안 온갖 곳을 함께 돌아다녔는데,

모르는 나라의 쓰레기통에서 굴러다니게 내버려둘 수가 없었어. 이상한 성격이네. J가 대꾸했다. 좀 그렇지? 신발가게 나오자마자 남편이 내 눈앞에서 그 신발을 내던져버리더라. 신혼여행에 헌 신발을 신고 오는 사람이 어딨느냐고. 맞는 말 아닌가? J의 말에 그녀가 곧바로 고개를 저었다. 무거운 김치통을 날라야 하는 그녀를 예식장까지 태우고 오지 않은 것만 봐도 남편은 냉정하고 이기적인 성격일 뿐 아니라 대놓고 처가 식구 만나기를 귀찮아할 만큼 싸가지가 없다는 거였다. 머리는 좋은 사람이야. 그녀의 표정이 약간 부드러워졌다. 난 그런 데에 약하잖아. 너 영재시험 보러 서울 갈 때 완전 멋져 보였지. 영재시험이 아니라 지능검사야. 그리고 갈 뻔했지, 간 건 아니고. 어쨌든 아이큐는 높잖아. 그게 말야. J의 목소리는 차분해져 있었다. 미국에선 아이큐 70은 범죄를 저질러도 처벌을 안해. 지적장애인을 처벌하면 헌법에 위배된다는 판례가 나와서. 근데 71은 처벌받거든. 아이큐란 그런 거야.

그녀가 불현듯 J를 똑바로 바라보며 목소리를 높였다. 참, 너 내아이큐 모르지? 모르지. 얼마일 것 같아? 글쎄, 140 넘었으면 너도 서울로 검사받으러 갔을 테니까, 그럼 139네 뭐. 아니, 146이야. 그녀가 재빨리 대꾸했다. 엄마가 선생님 찾아가서 낮춰 써달라고 했대. 아이큐 높으면 머리 믿고 공부 안한다고. 몇년 전에야 알았어. 110으로 써달라고 했다더라. 웃기지 않냐. 응, 어머니가 잘못하셨네. 근데 말야, 사실을 알았으면 뭐라도 달라졌을까? 나 머리 나쁜 줄 알고 꽤 열심히 공부했는데 지방대밖에 못 갔어. 단과대 수석이었지만. J가 웃는 걸 보고 그녀의 얼굴에도 미소가 떠올랐다. 나도 알아. 그딴 거 아무것도 아니지. 머리 나쁜 게 무슨 상관이야. 그냥 살면 되는 거고. 근데 미치겠는 건, 남들이 자꾸 나더러 머리가 좋다고 하는 거야. 그게 힘들었어. 110인 걸 들킬까봐 불안했고. 남들을 속이는 기분이었거든. 실은 내가 속았으면서.

그녀의 시선은 다시 강 쪽을 향했다. 목소리는 담담했다. 넌 어때? 뭐가? 삼십대. 그녀는 J의 대답을 기다리지 않고 말을 이어갔다. 어릴 때는 삼십대면 굉장히 늙은 줄 알았어. 이렇게 모르는 게 많고 가진 게 없을 줄은 몰랐지. 내 인생인데 내가 할 수 있는 게 별로 없어. J는 허리를 곧게 펴고 먼 강물을 바라보았다. 그냥, 사람마다 다 정해진 자리가 있겠지. 우린 그 자리에 있는 거고. 누가 정했을까? 모르지. 그녀가 마른 입술을 살짝 깨물며 다시 J를 향해 몸을 돌렸다. 있잖아, 엄마가 아이큐를 안 속였다면 나도 그 버스에 탔을까? 그 버스? 응, 사고난 버스. J는 캔맥주를 더 사러 가야겠다고 생각했다. 그녀가 빈 캔을 들었다 놨다 하는 게 신경 쓰였다. 벤치에서 일어나 편의점을 향해 걸음을 옮기는 J의 옷깃 속으로 스미는 봄바람이 제법 싸늘했다.


**소년과 소년**


친구의 그림자가 골목 너머로 사라진 뒤 소년은 담벼락에 등을 기댔다. 홑겹 봄점퍼 속을 파고드는 바람이 싸늘했다. 밤하늘에 별이 유난히 많았다. 한참을 올려다보고 있으니 마치 강물처럼 별들이 줄기를 이루어 어딘가로 흘러가는 것처럼 보였다. 소년은 눈을 가늘게 뜨고 그 흐름을 눈으로 따라가보았다. 그렇게 어딘가로 떠나버릴 수 있다면, 그래서 내일 아침 서울 가는 버스를 타지 않을 수 있다면, 자신을 전혀 모르는 사람들 속에 섞여버릴 수 있다면. 물론 그런 바람은 결코 이루어지지 않을 것이다. 집에 늦게 들어간다고 해서 내일이 그만큼 미뤄지는 것도 아니다. 아버지를 조금 오래 기다리게 만들 수 있을 뿐이었다.

소년은 열세살이 아니었다. 열네살이었다. 어른들의 말대로 오뉴월 하룻볕에도 성장이 달라지는 시기였다. 열세살용 문제지를 풀어서 받은 아이큐 146은 당연히 진실이 아닐 것이다. 병치레가 심해 곧 죽을지도 모른다며 소년의 출생신고를 일년 늦게 한 장본인인 만큼 아버지는 누구보다 그 사실을 잘 알고 있었다. 그러나 아버지는 거기에 대해 한마디도 하지 않았다. 사실을 밝히기는커녕 큰 이익이라도 봤다는 듯 만족하는 눈치였다. 걸핏하면 소년의 영특함을 자랑까지 하는 아버지가 비겁하고 뻔뻔스럽다고 소년은 생각했다. 아버지의 거짓과 부당한 욕망은 소년으로 하여금 과대평가된 그 누군가를 연기하도록 강요하고 있었다. 원치 않는 비밀을 갖게 된 데 더해 그 비밀을 혼자 감당해야 하는 소년은 불안하고 두려웠다. 주변에서 칭찬을 들을 때마다 자신을 가두고 있는 비밀의 벽이 한겹씩 더 견고해지는 느낌이었다. 진실을 털어놓지 못한 채 그 벽 안쪽에 움츠려 있는 자신이 거짓과 공범이라는 생각까지 들기 시작했다. 복사 노릇을 하기 싫어진 데는 그 이유도 있었다. 머리 좋은 아이로 오해받는 걸 넘어서 착한 아이로까지 보이는 건 거짓의 동심원이 만들어낸 또다른 거짓의 파문이었다.

소년의 생각에 머리 좋고 착한 아이가 있다면 그것은 단짝인 작은 소년이었다. 그는 진짜였다. 그는 한번 들은 것은 잊어버리는 법이 없었다. 수업시간에 집중하는 것 같지 않은데도 선생의 질문을 단번에 알아들었고 정답을 말한 뒤에는 아무도 생각지 못한 새로운 의문을 제기했다. 소년이 책을 읽어 알게 된 것을 그는 스스로 생각해서 유추해내곤 했다. 노력해서 10등 안에 드는 자신과는 다른 차원의 타고난 1등이었다. 유쾌하고 당당한 성품이었고 꺼림칙한 비밀 같은 것도 없었다. 소년은 그와 단짝이 됨으로써 자신이 쉽게 같은 부류로 분류된다는 기만의 회로에 대해서도 깨치게 되었다. 자신은 밝은 조명 옆에 생겨나기 마련인 어둠속에 몸을 숨기고 있는 꼬마전구였다. 조명이 꺼졌을 때 대용품은 될 수 있을지 몰라도 세상을 밝히지는 못하는 존재였다.

소년이 친구에게 비밀을 털어놓은 것은 서울로 가는 버스 안에서였다. 작은 소년은 그다지 놀라지 않았다. 한살 많은데 나하고 발이 똑같았단 말야? 버스 바닥에 벗어놓은 소년의 신발을 흘끗 내려다보며 그렇게 말했다. 작은 소년은 자기 신발을 벗더니 친구의 신발에 발을 집어넣었다. 신발을 신고는 가볍게 바닥을 쳐보기도 했다. 지도교사의 손짓에 자리에서 일어나던 그는 잠깐 도로 엉덩이를 붙인 다음 제 어깨로 소년의 어깨를 가볍게 건드렸다. 이것 봐. 앉은키는 내가 더 크다구. 그런 다음 몸을 일으켜 지도교사의 자리를 향해 앞으로 가기 시작했다. 소년은 고개를 통로 쪽으로 기울여 친구의 뒷모습을 바라보고 있었다. 흔들리는 버스 안에서 비틀비틀 걸음이 옮겨질 때마다 바닥에 단단히 몸을 붙이고 무게를 버티는 자신의 신발을 바라보는 것이었다.

## 봄밤

J는 다시 도심으로 돌아오는 강변도로를 달리고 있었다. 차량의 불빛들이 꼬리에 꼬리를 물고 끊임없이 흘러갔다. 그녀의 집을 향해 출발했던 때보다는 덜했지만 밤이 늦도록 여전히 사람들은 어디론가 오갔다. 그녀가 사는 고층 아파트 단지는 좁은 간격으로 난 창문마다 거의 불이 밝혀져 있었다. 아파트 입구에 차를 세웠을 때 그녀는 조수석 등받이에 그대로 몸을 묻은 채 말했다. 조금 더 들어가서 놀이터에 세워줘. 남편이 베란다에서 볼 수도 있으니까. 놀이터 앞에 차를 세웠지만 이번에도 그녀는 고개를 저었다. 저기 앞동 주차장에서 내리는 게 낫겠어. 그러나 주차장에 도착해서는 다시 입구로 되돌아가서 내려달라고 했다. 미안. 내가 취하면 좀 왔다 갔다 해. 이 아파트에 사는 건 맞아? J의 말에 그녀가 피식 웃었다. 그럼. 어떻게 마련한 집인데 몰라보겠어. J는 그녀가 취하지 않았

다는 걸 알고 있었다. 강변의 구석진 벤치에서 계속 캔맥주를 비울 때의 스스럼없던 모습은 이미 아니었다.

어둠이 깔리면서 강 주변은 쌀쌀해졌고 사람들이 모두 사라진 탓인지 분위기가 스산했다. 무릎 위에 벗어놓았던 코트를 걸치기 위해 벤치에서 일어나는 그녀의 몸이 약간 흔들렸었다. 난 말야, 어릴 때 나를 아는 사람은 만나기 싫어. 다들 어릴 때 모습하고 다르다고 하거든. 뭐가 될 줄 알았더니 겨우 이런 어른이 됐냐 그거지. 나도 알아. 그녀는 고개를 약간 끄덕거리며 말을 이었다. 일단 난 어른도 못된 것 같아. 어른이라면 내 발자국이 찍힌 곳만 딛고 살 수 없다는 거 정도는 알아야지. 안 그래? 넌 어른이 뭐라고 생각했어? 그녀의 물음에 J는 대답 대신 맥주를 한모금 마셨다. 어른이 되는 건 아버지처럼 되는 일이라고 생각하던 시절이 있었다. 감당하기 어려웠던 거짓의 세계와 그 정도 거짓은 아무것도 아니게 되는 어른의 세계 사이에서 혼란에 빠졌었다. 열네살 소년이 당도한 곳은 더이상 그때까지 학습해온 선명하고 체계적인 낮의 세계가 아니었다. 기도는 무력하거나 가식적이었고 진실은 중요하지도 않았다.

그녀의 뒷모습이 아파트 현관 안으로 사라지는 걸 확인한 뒤 J는 차를 출발시켰다. 혼자가 되자 기다렸다는 듯 취기가 몰려왔다. 아파트 단지 앞 사거리의 정지신호를 그냥 지나치고 나서 그는 자신이 서두르고 있다는 걸 깨달았다. 마치 오랫동안 간직해온 비밀을 잘못된 장소에 유기해놓고 허둥지둥 떠나는 기분이었다. 영문을 알 수 없는 죄의식이 그의 등을 떠밀었다.

자전거를 타거나 운전을 하면서 수없이 강변을 지나쳤지만 그날처럼 불빛이 아름답다고 생각한 적은 없었다. 단 한번 우연히 마주쳤고, 다시는 만나지 않을 두사람이 나란히 앉아 바라보는 짧은 봄밤의 강변 풍경. 고층 빌딩과 가로등의 불빛에 둘러싸여 검은 강물은 계속 흔들리는 것처럼 보였고 그 위로 시간이 조심스레 흐르고 있었다. 그녀의 목소리도 먼 곳에서 들려오는 것 같았다. 불빛이란 게 이렇게 요란한 줄 몰랐네. 축제 같다. 근데, 남의 축제. 내 축제일 리가 없어. 남의 축제에 왜 왔는데? J가 말했다. 몰랐지. 내가 이 삶의 주인공이 아니라는 걸. 그녀는 다시 어린 시절 이야기를 꺼냈다. 그때는 모든 게 다 진짜였는데. 그건 다 어디로 갔을까.

너 그 시 알아? 명절 때 신으라고 아버지가 아이한테 신발을 사줬는데, 개울물에서 장난하고 놀다가 그만 떠내려보낸 거야. 다시 신발을 사다 신겨줬지만 아이는 어디까지나 그건 대용품이라고 생각해. 진짜 아닌 대용품을 신고 명절을 맞이해야 했던 거지. 마지막은 이렇게 끝나. 그래, 내가 스스로 신발을 사 신게 된 뒤에도 예순이 다 된 지금까지도 나는 아직 대용품으로 신발을 사 신는 습관을 고치지 못한 그대로 있습니다.* 그러게. 잃어버린 그 진짜 신발은 어디로 흘러갔을까. 지금은 어디에 있는 걸까.

그때 J가 빨리 대꾸를 하지 못한 것은 머릿속에서 그녀의 마음에 들 만한 문구를 고르고 있었기 때문이었다. 그는 우리 모두가 자기

* 서정주 「신발」.

자신의 가장 오래된 대용품이라고 말하려 했다. 그래서 자신의 축제에 초대받지 못한 거라고. 강 이쪽에 혼자 서서 그 불꽃놀이를 구경하고 있는 것이라고. 그녀가 그걸 어떻게 알았는지 물으면 대답할 말도 준비해놓았었다. 왜냐하면 어른이니까. 근데 넌 아니야. 착하고 머리 좋은 아이들은 어른이 되지 못하거든. 만약 그렇게 말했다면 그녀는 그의 아이큐가 높은 데에 이유가 있었다며 칭찬해주었을지도 모른다.

　J의 눈앞에 표지판이 나타났다. 몇시간 전 그녀가 조수석에 앉아 바라보던 한강공원 진입로였다. 그는 카오디오의 버튼을 누른 뒤 차창을 약간 내렸다. 강한 비트의 음악이 바람 소리를 가르며 터져나왔다. 그가 정말로 그녀에게 하고 싶었던 건 그런 말이 아니었다. 그는 말하고 싶었다. 잘못 어른이 돼버린 사람에게도 아주 가끔 어린 시절의 짧은 꿈과 해후하는 순간이 있을 것이라고. 그것은 생의 찬란한 진품을 되찾는 순간이며, 그때 밤하늘에 폭죽이 터지고 불꽃의 그림자가 강물에 어리면서 진짜 축제가 시작되는 거라고. 그 축제에는 오랜 세월 그토록 멀어지려 했던 사람이 찾아와 이렇게 말해줄지도 모른다. 네 잘못이 아니야. 나보다 앉은키도 작으면서 뭘. 차는 강을 향해 속력을 높여갔다. 가속기의 페달을 밟는 J의 얼굴로 바람이 몰려들었다. 머리카락이 날려 간간이 시야를 가렸다. 그는 알 수 없는 혼란과 슬픔이 차올라 심장이 터질 것만 같았다. 충혈된 눈으로 가로등이 정연히 늘어선 강변도로를 노려보았고 주먹을 들어 이유 없이 경적을 울려보기도 했다. 그러는 동안에도 그

의 차는 언제나처럼 앞뒤의 차와 일정한 거리를 지키고 있었다. 마
치 안전거리를 유지한 채 도망 다니는 사람 같았다.

불연속선

그릇의 사용에 대한 철학적인 산문을 읽은 적이 있다. 정작 우리가 사용하는 것은 그릇이 아니라 그 안쪽의 빈 공간일 뿐이라는 내용이었다. 대단한 깨달음이라고는 생각하지 않는다. 그릇은 담는 것 말고도 하는 일이 많으니까. 어떤 사물이든 기능만으로 성격을 규정하고 가치를 따질 수는 없는 일이다. 가방만 해도 그렇다. 안에 담긴 것과 상관없이 가방은 무엇인가를 말한다. 외출의 들뜬 기분이나 고단한 생활의 반복, 준비와 결심, 갖고 싶은 것 혹은 가고자 하는 곳, 취향과 변화. 그리고 머릿속을 맴도는 생각들, 관심이 필요하다거나 떠나야 할 시간이라거나 아니면 도망치고 또 사라지고 싶다, 같은. 어떤 형태의 것이든 가방은 움직임을 예고한다. 그점이 중요하다. 게다가 그릇과 달리 가방은 대부분 닫혀 있다. 안에 무엇이 들어 있는지 모르기 때문에 메시지는 더욱 내밀해진다. 가방 안에 든 것은 돈일 수도 총일 수도 있고 비밀문서나 독약일지도 모른다. 아니다. 삶을 공식 안에 집어넣을 때 으레 그렇듯 가방의 내부는 의외로 단순하다. 책가방에는 책이 서류가방에는 서류가 운동가방에는 운동복이 들어 있다. 그리고 핸드백이라면 일상을 유지하기 위해 지녀야 할 물건들, 지갑과 열쇠와 휴대폰과 수첩과 펜과 거울과 화장품 파우치와 안경과 텀블러와 이어폰 등일 것이다. 감기약이나 생수나 썬글라스와 껌과 장갑이나 사탕이나 인공눈물과 우산이 들어 있기도 하다. 그것들은 집을 나선 도시인의 일상을 담고 있다.

상가와 편의점이 즐비하고 대중교통이 발달한 도시에서 가방은 얼마든지 작고 가벼워질 수 있다. 신용카드와 비상금만 든 머니클립 한개의 크기로까지 줄일 수 있을 것이다. 그러나 전혀 다른 삶을 사는 사람들은 다른 형태의 가방을 지닌다. 가난한 나라의 시골로 갈수록 사람들은 짐을 많이 갖고 다닌다. 상점은 많지 않고 물건은 귀하며 그것을 살 돈도 없다. 우체국도 자동차도 흔치 않으므로 운반은 직접 해야 한다. 그들은 필요한 것과 옮겨야 할 것들을 모두 지니고 다닌다. 보자기나 상자가 가방이 되기도 한다.

가방 안에 의식주 모두를 축약해 담아야 하는 경우를 생각해본다. 천재지변이나 피난 같은 위급한 상황들. 내 할머니에게서 들은 이야기이다. 할머니는 전쟁을 겪었다. 하루분의 일상이 아니라 삶을 통째로 가방에 싸서 옮겨야 했다. 생활이 아닌 생존이 첫 조건

일 때 선택이란 몹시 집중되고 엄중한 것이다. 할머니는 가장 중요한 것들을 택해 가방에 담았다. 그것들은 남쪽으로 내려오는 길 위에서 조금씩 사라져갔다. 마지막까지 지녔던 것은 가장 단순한 형태의 가방이었다. 그러니까 보자기 말이다. 커다란 가방이 보자기 한장으로 남는 혹독한 시간을 거치며 할머니는 어린 아들과 함께 가까스로 살아남았다.

나는 할머니가 살아오는 동안 지녀왔던 보자기들을 기억하고 있다. 할머니는 그것이 있는 한 어디로든 떠날 수 있다고 믿었다. 그것이 있었기 때문에 죽어가는 남편을 들판에 버려두고 발길을 옮길 수가 있었다. 그후 할머니의 삶에 하루도 고독하지 않은 날은 없었다. 의무적이고 고단한 삶이었지만 또한 언제나 공허했다. 사는 동안 수많은 거처를 옮겨다녀야 했던 할머니의 보자기에는 그때마다 가장 소중한 것들이 담겼다. 빛바랜 사진과 금가락지 같은, 정지된 과거로부터 남겨진 물건이 언제나 함께했다. 자신에게 죽음이 다가오는 걸 느꼈을 때에도 할머니는 마지막 기력을 모아 보자기에 저세상 짐을 꾸렸다.

오랜만에 할머니 생각을 하게 된 것은 어느 국제구호단체의 회보에 실린 P시의 사진 때문이었다. P시는 일반인의 방문이 불가능한 적성국의 수도이다. 그러나 몇년째 가뭄이 계속된 탓에, 정치적 성격이 없는 인도적 구호단체의 식량 원조를 명분으로 한 방문단까지 거절할 형편이 아니었다. 사진과 함께 실린 여행기에 따르면 방문단은 언제나 기관원이 동승한 단체버스로 이동해야 했고 식당에서 화장실에 갈 때조차 감시를 받았으며 개인적으로 호텔을 벗어나는 건 엄격히 금지되었다. 사진은 물론 허용된 장소만 찍어야 했다. 그러나 사진작가는 위압적이고도 공허한 광장이나 조형물, 빌딩들과 함께 도시 변두리에서 보따리를 인 여인들의 모습을 몇장이나마 카메라에 담는 데 성공했다. 그가 쓴 여행기의 제목은 'P시 여인의 가방: 전 생애의 한순간'이었다. P시는 할머니의 고향이다. 나는 우연히 그 글과 사진을 보게 되었고, 이제부터 하려는 이야기는 그의 이야기이다.

*

여객기는 승객들만 태워 옮기는 게 아니다. 바닥에 수없이 많은 갖가지 가방을 싣고 긴 시간 구름 위를 난다. 목적지에 도착하면 가방들은 배기지 클레임에 부려지고 한개씩 차례로 검은 구멍에서 떨어져내려 수하물 벨트 위를 돌기 시작한다. 그 주변으로 비행기에서 내린 승객들이 모여든다. 피곤하고도 안도감이 깃든 표정, 작별인사, 카트를 끄는 소리, 이제 막 전원이 켜진 휴대폰에서 터져나오는 문자 수신음, 뛰어다니는 아이들의 발소리와 누군가의 이름을 부르는 소리. 여러종류의 소란이 거대한 개방공간을 이리저리 교차하며 울리는 가운데 자신의 가방을 찾은 사람들은 짝짓기에 성공한 커플처럼 하나둘 그 자리를 떠난다. 뒤를 돌아보는 사람은 없다. 그는 배기지 클레임에 남아 있던 마지막 승객이었다. 벨트 위에 가방 하나가 남아 있긴 했다. 표준 싸이즈의 검은색 패브릭 여행가방. 모양과 크기가 같았지만 그의 가방은 아니었다.

마침내 벨트가 멈췄고 그의 미간에 세로로 주름이 잡혔다. 누군가 가방을 바꿔 들고 갔다는 걸 짐작하고도 선뜻 손이 나가지 않았지만 이젠 어쩔 수 없이 그 가방을 끌어내려야 했다. 역시 그의 것과 같은 상표였고, 15킬로그램이 넘지 않았던 그의 가방과 무게도 비슷했다. 별다른 특징이 없다는 점도 같았다. 고정 끈이나 스카프 같은 것도 매지 않았고 스티커 따위도 없었다. 그의 가방처럼 항공사 카운터에서 작성해 매달았던 네임태그가 붙어 있을 뿐이었다. 그는 거기 적힌 이름과 전화번호를 확인했다. 일단 대합실 바깥으로 나가 담배를 한대 피운 다음 전화를 걸어야겠다고 생각했다. 백팩에서 여권을 꺼내고 발밑에 내려놓았던 카메라가방을 멘 뒤 그는 천천히 가방을 끌기 시작했다. 손잡이의 감촉이 낯설었다.

세관 검색대를 향해 걸음을 옮기는 그의 곁으로 유니폼 차림의 승무원 몇명이 스쳐지나갔다. 모두 여행가방을 끌고 있었다. 공항이란 길든 짧든 자신의 삶을 어딘가로 옮기려는 사람들이 가방을 들고 집결하는 곳이다. 가방 안에는 이쪽과 저쪽의 삶이 이어지는데 필요한 것들이 들어 있다. 승무원들도 여행객이긴 마찬가지이다. 안녕히 가세요. 그중 한명이 활짝 웃으며 그에게 인사를 했으므로 그는 얼떨결에 고개를 숙였다. 샤를드골 공항에서 인천까지 오는 동안 몇번인가 의례적인 말을 주고받았지만 그는 승무원의 얼굴을 보지 않았다. 하이톤의 목소리로 미루어, 그가 잠이 안 와 와인을 청할 때마다 친절하게 갖다주던 승무원인 것 같았다. 의도하지 않게 누군가에게 기억된다는 건 그리 기분 좋은 일은 아니었다. 인상을 남기는 걸 좋아하지 않았기 때문에 그는 남을 대할 때 까다롭거나 지나치지 않도록 주의했다. 물건을 고를 때도 눈에 안 띄는 단순한 디자인을 선택하는 편이었다. 하지만 여행가방에 관한 한 좋은 태도가 아니었는지도 몰랐다. 자신의 사적인 물건들이 가방째로 남의 손에 있다고 생각하자 그의 걸음은 조금씩 빨라졌다.

작업실에 들어선 순간 공기의 내용이 변해 있다는 게 느껴졌다. 집을 비운 열흘 동안 그가 다른 장소에서 삶을 이어갔듯 그 공간에서 살아가는 것들의 삶 또한 여전히 계속되었던 것이다. 습도가 높은 날씨는 유기물들을 탐욕스럽게 만든다. 하나뿐인 화분이나 냉장고 안의 식료품이나 세면대에서 번식하는 곰팡이만이 아니었다. 암실에서도 강한 냄새가 풍겨나왔다. 그가 작업 중인 습식촬영에 필요한 화학약품들 때문이었다. 밀폐용기에 담아 억지로 활동력을 묶어놓았지만 그것들은 언제라도 변화할 준비를 하고 있는 위태로운 존재들이었다.

하긴 그 공간에 있는 것들 모두가 임시방편이라고 할 수 있었다. 철물점 2층의 화장실 딸린 창고였던 곳을 헐값에 빌려 그가 직접 작업실로 개조했다. 나무패널로 공간을 분리해서 암실을 만들었고 시멘트벽에 페인트를 칠하고 선반을 짜넣고 전기를 끌어와 조명을 설치했다. 수도꼭지에 샤워기를 이어달자 간단한 욕실이 꾸며

졌다. 나무탁자를 귀퉁이에 놓은 뒤 일회용 버너와 전기포트와 냄비 하나와 그릇 몇가지로 부엌살림도 마련했다. 동네에 코인 세탁소가 있었으므로 세탁기는 필요 없었다. 옷을 거는 행거와 침대 겸용 소파와 의자 두개는 인터넷에서 중고품을 샀다. 번듯한 것이라고는 목공소에서 주문한 작업대와 습식촬영 재료들을 보관하는 냉장고뿐이었다. 그외에는 카메라 거치대와 조명박스를 포함해 모두 그의 손을 거친 것들이었다. 한마디로 낡고 허술했다. 언제 떠나도 아쉽지 않은 공간으로 보였다.

그러나 그것들은 영국에서 구년 만에 돌아온 그가 선택한 삶의 방식이었다. 정확히 말하면 돌아온 게 아니라 쫓겨난 것이었다. 십년이 되면 영주권을 주어야 했으므로 그곳 정부는 시민으로서 갖춰야 할 조건을 제시했고 결국 별 볼 일 없는 유학생들을 돌아가게 만들었다. 떠났던 곳으로 돌아와 다시 거처를 찾으면서 그는 자신의 삶이 단속적으로 이어지는 위태로운 띠 같다는 생각을 했었다.

그는 여행가방을 현관에 내려놓은 채 안쪽으로 들어갔다. 어깨에 멨던 카메라와 백팩을 작업대 위에 놓고 손바닥만 한 창문부터 열었다. 환기가 되려면 시간이 꽤 걸릴 것이다. 선풍기를 실내 한가운데로 옮겨 스위치를 켠 다음 옷을 벗고 욕실로 들어갔다. 샤워기를 틀자 약간의 시간 차를 두고 물이 쏟아져내렸다. 그 순간 벗어놓은 바지 주머니에서 휴대폰이 울렸다. 평소라면 하던 일을 멈추고 전화를 받는 일은 결코 없었겠지만 그는 샤워기를 잠갔다. 하지만 액정 화면에 뜬 이름은 여행 잡지사의 박 기자였다. 박과의 통화는, 여행은 어땠냐, 사진은 건졌느냐는 의례적인 문답과 마감 날짜를 지키라는 당부로 간단히 끝났다. 전화를 끊은 뒤 그는 혹시나 해서 부재중 전화를 확인했지만 그사이 걸려온 전화는 없었다.

공항에서 그는 네임태그에 적혀 있는 휴대폰 번호로 세번이나 전화를 걸었다. 상대는 받지 않았다. 발신음이 끊어지면서 고객이 전화를 받지 않으니 메시지를 남겨달라는 안내 멘트로 넘어갈 때까지 그는 전화기를 들고 있었다 세관 검색대를 통과하여 공항버스와 마을버스를 갈아타고 작업실로 오는 동안 벌써 두시간이 지났다. 가방은 어디에 있는 것일까.

물줄기를 맞으며 그는 자신의 여행가방 속에 들어 있는 물건들을 하나씩 떠올려보았다. 취재노트와 사진이 담긴 USB 같은 중요한 물건은 부치는 짐에 넣지 않았다. 오랜 여행 경험에서 얻은 원칙이었다. 그 가방에 든 것은 간단한 세면도구와 로션과 면도크림과 옷가지들, 책 두어권과 휴대용 변압기 등 누구의 여행가방에나 있을 법한 물건들이었다. 그밖에 모노프리에서 새로 산 팬티와 양말, 그리고 엽서와 달력 같은 소소한 기념품 몇가지가 있었지만 잃어버려도 큰 문제는 없었다. 엑상프로방스에 있는 쎄잔의 작업실에서는 쎄잔이 그린 물병과 똑같은 모양의 기념품 도자기를 팔고 있었다. 그 초록색 물병과 랑그도끄 지역의 로컬 마켓에서 구한 소품종 와인이 아깝긴 했지만 애석할 정도는 아니었다.

그의 머릿속에 갑자기 새로운 사실이 하나 떠올랐다. 가방 안에는 그가 찍은 사진과 글이 실린 회보도 들어 있었다. 한달 전쯤 그는 그 회보를 발간하는 국제구호단체를 따라 P시에 갔고, 그곳의 사진과 여행기를 편집부에 보냈다. 회보는 그가 빠리로 출발하는 날 우편함에 꽂혀 있었다. 공항으로 나가는 길에 발견하고 백팩에 집어넣었던 것이었다. 친절한 담당자가 그의 여행기가 실린 페이지에 포스트잇을 붙여놓았으므로 누군가 잡지를 들춰본다면 그 가방의 주인이 어떤 사람인지 쉽게 알 수 있을 터였다. 이름과 전화번호만 적힌 네임태그는 기호에 불과하다. 그러나 그의 글과 사진은 그 가방의 주인에 대한 구체적 정보를 담고 있었고, 거기 들어 있는 물건들과 그라는 개인을 연결시켰다. 더이상 그 물건들은 익명이 아니었다. 모르는 곳에 굴러다니도록 내버려둘 수 없었다.

샤워를 마친 뒤 그는 또 한번 전화를 걸었다. 역시 받지 않았다. 내키지 않았지만 할 수 없이 문자메시지를 남겼다. 가방이 바뀐 것 같습니다. 연락 주세요. 항공사에도 전화를 걸었다. 그날 유실물센터에 접수된 품목은 이어폰과 안경과 수첩과 책 몇권이 다였다. 가방이 바뀌었다는 신고는 접수되어 있지 않았다. 연락처를 남겨놓는 것 외에 달리 할 수 있는 일이 아무것도 없었다. 전화를 끊은 뒤 그는 젖은 수건을 빨랫감을 넣어두는 부직포 정리함에 넣으려고 의자에서 일어났다. 벗어놓았던 속옷도 집어들었다. 그리고 불현듯 돌아오던 날 샤워를 마치고 마지막으로 여행가방 안에 넣었던 물건이 빨래였음을 기억해냈다.

담배를 피우기 위해 천천히 바지와 셔츠를 입는 그의 미간에 주름이 잡혔다. 작업실 안에서는 담배를 피우지 않았다. 현관에 놓인

가방 옆을 지나쳐 나가는데, 만약 가방 주인을 찾지 못한다면 이 가방을 처리하는 것도 문제라는 생각이 처음으로 그의 머릿속을 스쳐갔다.

그는 떠나기 전의 일상으로 다시 돌아왔다. 언제나처럼 계획적이고 단조롭게 시간을 보냈다. 원고와 사진을 정리해서 잡지사에 보냈고 일과 관련해서 가끔 전화통화를 하고 몇통의 이메일을 주고받았다. 을지로에 있는 화공약품가게에는 두번이나 들렀지만 모두 다 허탕이었다. 휴가철이 시작되기 전에 구해주겠다던 시약은 일본이나 독일에서 오고 있는 중이었다. 어떤 품목은 세관에 묶여 있었다. KCN은 역시 못 구하나요? 그의 말에 가게 주인이 손사래를 쳤다. 판매금지 품목이라니까요. 의사 면허 있어요? 처음에는 그 말의 뜻을 몰라 어리둥절했다. 알고 보니 KCN은 청산가리였다. 근데 사진 찍는다면서 청산가리가 왜 필요해요? 가게 주인의 물음에 그는 아무 대답도 할 수 없었다. 습식촬영에 대해 설명하는 것도 어려웠지만 휴대폰으로 찍어도 잘 나오는 사진을 왜 그렇게 복잡하고 힘들게 생돈을 들여가며 찍고 있는지 설명하는 일은 훨씬 더 어려웠다.

출장비를 정산하러 나갔다가 박의 회사 앞에서 함께 점심을 먹었다. 박은 그에게 만나는 여자가 없다는 건 믿을 수 없는 일이라며 괜찮은 여자를 소개해주겠다고 말했다. 그가 박을 알게 된 지는 이년째였고 그것은 박이 만날 때마다 하는 말이었다.

같은 동네에 사는 대학 후배가 찾아와 저녁을 먹기도 했다. 후배는 다큐멘터리 사진을 때려치우고 밥벌이에 나서겠다고 토로하며 연거푸 술잔을 기울였다. 친구들과 동업으로 치킨집을 열 생각인데 그에게도 투자를 하라는 말을 되풀이했다. 후배는 그가 단출한 삶을 그럭저럭 이어갈 만한 수입밖에 없으며 그나마도 절대로 돈이 되지 않는 습식촬영에 거의 쏟아붓고 있다는 것을 누구보다 잘 알고 있었다. 그런데도 그를 투자할 만한 사람으로 대하는 것은 술값을 씌울 때 조금이라도 덜 미안해지기 위해서였다. 그런 날은 후배가 결혼식이나 돌잔치 출사를 다녀온 날이기 십상이었다. 입버릇처럼 내뱉는 말과 달리 그는 다큐멘터리 사진을 그만둘 마음이 전혀 없었다. 그것이 술값 외에도 그를 만나러 오는 이유였다. 자신보다 더한 고집쟁이이자 멍청이가 있다는 걸 확인하고 술을 잔뜩 얻어 마신 다음 한탄과 비판을 실컷 늘어놓고 나면 한동안은 다시 제 몫의 열정을 이어갈 수 있었던 것이다.

후배는 그가 하는 사진작업의 모델을 시켜달라고 조르기도 했다. 피사체를 고정하고 필름 아닌 흑경 석판을 끼워 실물 크기로 찍는 그 작업에 관심을 가지는 사진작가들이 종종 있었다. 석판은 즉석 현상되어 그 자체로 사진이 되며 결코 복제할 수 없다는 점도 매력적이었다. 그러나 실제로 시도하는 사람은 거의 없었다. 그는 인물만 찍었다. 처음에는 의자에 앉힌 뒤 얼굴을 찍었지만 움직임 때문에 초점을 맞추기 어려워 눕혀놓고 찍는 방법을 생각해냈다. 몇몇 가까운 사람들이 모델이 되어주었다. 그러나 한계가 있었다. 후배처럼 모델을 자청하는 사람은 더러 있었지만 그들이 그에게 궁금증을 불러일으키는 얼굴과 반드시 일치하지는 않았다.

그가 최근에 찍은 인물은 아래층의 철물점 주인이었는데, 그 의심 많은 중년 남자를 조명박스 위에 눕히기까지 석달이 걸렸다. 이래저래 그의 작업에 가장 많이 필요한 건 시간인지도 몰랐다. 매일 아침 그는 작업대 아래 나무상자에서 칸막이를 따라 켜켜이 들어 있는 석판을 하나씩 꺼내 들여다보곤 했다. 사진들은 매일 미세하게 변화했다. 화학반응일 뿐이지만 한편으로는 돌에 새겨진 채로 상(像)이 독립된 삶을 살아가는 과정이라고도 할 수 있었다. 그것은 실체와 상관없이 흘러가는 그림자의 시간을 깨닫게 해주었을 뿐 아니라 대부분의 시간을 혼자 보내는 그에게 타인의 기척을 느끼게 했다.

그런 일 외에 별다른 사건은 없었다. 언제나처럼 동네를 산책했고 식당에서 하루 한두끼씩 혼자 밥을 먹었고 가끔은 싸구려 와인과 치즈로 저녁을 때우기도 했다. 정오가 가까워지면 작업실 실내가 햇볕에 달궈질 대로 달궈지기 때문에 랩톱을 들고 까페에 나가곤 했다. 작은 가게가 많은 동네였지만 그는 굳이 큰길가의 커피 체인점으로 갔다. 그곳 아르바이트 직원들은 매뉴얼대로만 행동했다. 자주 가는 곳이고 커피맛에 대한 기대 없이 늘 같은 것만 주문하는데도 그들은 매번 큰 소리로 싸이즈와 종류를 확인하고 일회용 컵인지 머그잔인지 묻고 설탕과 시럽과 냅킨은 싸이드테이블에 마련돼 있다며 똑같은 문장을 기계적으로 반복하곤 했다. 그는 익명의 존재로 시간을 보낼 수 있는 장소의 자유로움을 선호했다.

다래끼가 나려는지 눈가가 가려워서 약국에 들른 일도 있었다. 열개들이 소염제를 다섯번에 걸쳐 먹었더니 별다른 말썽 없이 가라앉았다. 불이 들어오지 않는 형광등을 교체했고 후배가 이사 선물로 갖다놓은 그다지 애정이 없는 화분에 꼬박꼬박 물을 주었으며 저녁시간에 두어번 자전거를 끌고 천변으로 나가 바람을 쐬었다. 무덥고 습기 많은 날씨가 계속되었고 장마 예보가 있었지만 아직 비는 쏟아지지 않았다. 불쾌한 긴장을 담고 있는 수상한 날씨가 이어졌다.

사흘 동안 가방은 그가 처음 내려놓은 그대로 현관에 놓여 있었다. 그는 가방을 열어볼 마음이 전혀 없었다. 타인이든 타인의 물건이든 호기심을 품는 성격이 아니었고 가방을 돌려줄 때 혹시라도 생길지 모르는 말썽 또한 원치 않았다. 네임태그에 적혀 있는 이름은 여자의 이름이 분명했다. 몇차례 더 통화를 시도했지만 여전히 연결이 안되었다. 가방을 방치해둔 채 전화가 오기를 기다리는 것 외에 다른 방법은 떠오르지 않았다. 시간이 갈수록 여러가지 방법으로 자신의 존재를 드러내기 시작하는 가방은 그런 점에서 대적할 수도 또 피할 수도 없는 상대였다.

여행에서 돌아온 다음 날 아침 그는 네박자씩 좁은 간격으로 반복되는 날카로운 경보음에 눈을 떴다. 소파침대에서 억지로 몸을 일으킨 뒤 창문을 향해 귀를 기울여보았지만 집 바깥에서 나는 소리는 아니었다. 휴대폰도 아무 기척 없이 조용했다. 그 낯선 소리가 어디에서 울리고 있는지 확인되지 않은 채로 경보음은 계속되었고 그 사이 그의 잠은 완전히 달아났다. 끈질기게 울어대던 소리가 그친 다음에야 그는 현관에 놓인 여행가방 속에서 알람이 울렸다는 걸 깨달았다. 그 해프닝이 그것으로 마무리되기를 바랐고, 가방을 열어봐야겠다는 데까지는 생각이 미치지 않았다.

그 덕분에 다음 날 아침에도 같은 시각에 잠에서 깨어나야 했다. 시계를 확인하니 아홉시였다. 빠리 시각으로는 새벽 한시. 가방 주인은 어떤 여자길래 그 시각에 알람을 맞춰야 했을까. 여행지에서 새벽 한시에 시작되는 일은 어떤 종류의 일일까. 알람은 그리 길지 않게 울리도록 설정돼 있었다. 그렇지만 그가 정해놓은 사소한 삶의 규칙을 교란하기에는 충분한 시간이었다. 그는 밤작업으로 무거워진 머리를 흔들며 다른 날보다 두시간 일찍 커피를 끓였다.

그것만이 아니었다. 담배를 피우러 밖으로 나갈 때마다 가방을 피할 수가 없었다. 그는 좁은 현관에서 가방을 건드리지 않도록 몸을 틀어야 했다. 외출에서 돌아와 무심코 문을 열어젖혔다가 입구를 막아선 가방을 발견하고 얼른 발을 움츠리는 일도 있었다. 가방은 어느 사이 불유쾌한 틈입자처럼 번번이 그의 동선을 방해했다. 사흘째 되는 날 저녁이었을 것이다. 벽에 매달았던 자전거를 끌고 나가려다 기어코 가방을 넘어뜨렸다. 넘어진 가방을 일으켜세우는데 모서리의 긁힌 자국이 눈에 들어왔다. 자전거에 긁혔나 했지만 방금 생긴 자국은 아니었다. 그는 처음으로 가방을 자세히 살펴보

왔다. 모서리마다 긁힌 자국이 있고 고무바퀴도 심하게 닳아 있었다. 그 가방은 작년에 나온 신모델이었으므로 길게 잡아도 사용한 지 일년은 넘지 않았을 것이다. 보호비닐을 막 벗긴 것처럼 패브릭의 광택이 그대로 남아 있는 걸로 보아 여행을 자주 다니는 사람의 물건은 아니었다. 아마 물건을 험하게 쓰는 여자인 모양이었다.

거기 비하면 그의 가방은 훨씬 말끔하고 손질이 잘 되어 있었다. 여행에서 돌아오면 먼지를 떨고 가방을 열어 통풍이 잘 되는 곳에서 말렸으며 바퀴에는 기름을 칠해두곤 했다. 자신이라면 결코 두 개의 가방을 착각하지 않았을 것이라고 그는 생각했다. 그 여자는 무질서하고 즉흥적이며 게으른 사람이 분명했다. 남의 가방을 가져가서 연락조차 없는 걸 보면 무책임하고 뻔뻔스럽고 무례한 사람일지도 몰랐다. 그는 현관에 있던 가방을 들어서 작업실 안쪽으로 옮겨와 작업대 밑에 밀어넣었다. 또다시 가방이 자전거에 부딪히는 건 원치 않았기 때문이다. 정확히 말하면 자전거가 가방에 부딪히는 걸 바라지 않았다. 어쨌든 결과적으로 가방은 집 안으로 들어와서 자리를 차지했다. 그것은 천변의 바람을 가르며 자전거 페달을 밟을 때 갑자기 떠오른 생각이었다.

다음 날 아침에도 그는 가방에서 울리는 알람 소리에 눈을 떴다. 소리는 훨씬 가까이에서 들렸다. 처음처럼 짜증스럽지도 두번째만큼 성가시지도 않았다. 일종의 체념이었다. 그는 소리가 멈추기를 기다려 몸을 일으켰고 부엌으로 가서 전기포트에 생수를 부었다. 수면 부족으로 머리가 무거운 증상도 조금 덜한 느낌이었다. 그러나 커피잔을 들고 무심코 작업대 의자에 앉은 그는 무엇인가가 무릎을 건드리는 걸 느꼈다. 가방이었다. 그것은 마치 자신의 자리를 확보했다는 듯 의기양양하게 존재를 드러냈지만 그의 무릎에 닿은 다음 순간 맥없이 옆으로 무너졌다. 동시에 그 역시 알 수 없는 경계심에 사로잡혀 발밑의 이물질을 피하듯 다리를 얼른 거두어들였다. 그는 넘어져 있는 가방을 한참 동안 조용히 바라보았다. 유리컵이 손에서 미끄러져 깨졌을 때와 같은 기분이었다. 서로 마주 잡고 있다가 유리컵 쪽에서 손을 놓아버린 느낌 같았다. 그 느낌은 묘하게 그를 자극했다.

그는 스스로를 자신이 아는 범주 안에서 작은 규모로 삶을 꾸려나가는 합리적인 사람이라고 생각해왔다. 참을성과 조심성이 많고 자신이 속한 조건에 대체로 불만을 품지 않으며 다른 사람에게 잘 맞추고 또 인생의 나쁜 점을 피하는 법을 아는 온화한 성격이라고 여겼다. 그런데 단지 겁이 많을 뿐일지도 모른다는 생각이 들었다. 그는 자신이 아는 것만을 상대해왔으며 정체를 모르는 것을 집에 들여온 적이 없었다. 그가 발붙이고자 했던 세계의 외곽에서 쫓겨났을 때, 그리고 돌아갈 거처를 찾아야 했을 때도 그는 뭔가를 선택한 것이 아니라 최대한 몸을 움츠린 채 시간의 불연속선 위를 떠밀려왔는지도 몰랐다.

그 생각이 그를 화나게 만들었다. 그는 업무가 시작되는 시간을 기다려 항공사 유실물센터에 한번 더 전화를 걸었다. 다음 날까지 연락이 없으면 가방을 자전거에 싣고 나가 천변 아무데나 내던져버릴 작정이었다. 그만하면 자기가 치를 수 있는 예의와 인내심은 충분히 지불했다고 여겼다. 그러나 오후가 되자 그 모든 감정과 계획에 시들해졌다. 사람과 사물 모두를 지치고 늘어지게 만드는 날씨 탓인지도 모를 일이었다.

그날밤 후배가 다시 찾아와 함께 술집에 갔다. 이상하게도 금방 취해버린 날이었다. 그는 후배와 헤어진 뒤 캔맥주를 사갖고 들어와 혼자 늦도록 마셨다. 작업대 아래에서 가방이 몇번인가 무릎에 부딪혔다. 그곳은 가방이 놓일 자리가 아니었다. 그의 가방이었다면 그의 방식에 따라 선반 위에 올려졌을 것이다. 가방 주인이 전화를 받지 않을 이유란 뭘까. 새로 맥주캔을 따면서 그는 중얼거렸다. 통화정지라면 안내멘트가 있었을 것이다. 전화기를 분실했을까. 비행기에서 내리자마자 기지국도 없고 충전도 할 수 없는 오지로 다시 또 긴 여행이라도 떠난 것일까. 납치라도 된 것일까. 이 가방을 찾을 마음이 없거나 아니면 사연 있는 물건과 함께 계획적으로 버려진 가방이 아닐까. 그는 가방을 열었다.

그녀에게서 전화가 걸려온 것은 가방이 바뀐 지 일주일째 되는 날 오후였다. 본격적인 장마를 예고하듯 드디어 비가 쏟아지기 시작한 날이었다.

그녀는 부산에 살고 있었다. 공항에서 출발하는 부산행 리무진 버스를 놓칠까봐 서두르는 바람에 벌어진 일이라며, 가방이 바뀐 것은 도착해서 짐을 내린 뒤에야 알았다고 했다. 그 자리에서 네임태그에 적힌 번호로 연락을 하려고 했지만 휴대폰은 방전상태였다. 그리고 다음 날 병원에 입원하는 바람에 통화를 할 수 없었다는 거였다. 어디까지 믿어야 할지 분간이 되지 않는 이야기였다. 부산이라니 택배회사를 이용해서 가방을 교환하는 수밖에 없겠다는 그의 말에 그녀는 다소 명랑한 목소리로 대꾸했다. 아녜요. 제가 갈게요. 다섯시간쯤 걸리니까 아홉시면 돼요. 그녀는 자신이 서울에서 알고 있는 유일한 까페가 안국역 쪽에 있다면서 장소까지 스스로 정했다.

전화가 끊어진 뒤 그는 무심코 손에 쥔 전화기의 액정을 보았다. 그가 여러번 통화를 시도해서 외우게 된 그 번호가 아니었다. 어쩌면 네임태그에 적어놓은 이름도 그녀의 것이 아닐지 몰랐다. 만나기로 한 장소를 검색해보니 까페가 아니라 독일 생맥주를 파는 술집이었고, 레지던스 호텔 1층에 있었다. 그는 작업대 옆에 놓인 가방을 물끄러미 바라보았다. 지금까지 수많은 장소에서 여행자로 시간을 보냈다. 늦은 밤 여행가방을 들고 낯선 도시의 거리를 돌아다닌 적도 종종 있었다. 하지만 쏟아지는 빗속을 뚫고 알지도 못하는 여자와 똑같은 가방을 끌고서 호텔 1층의 술집으로 들어가는 일은 상상조차 해본 적이 없었다. 얼마든지 일어날 수도 있는 일이겠지만 자신이 그런 일을 하게 되리라는 건 또다른 문제였다.

그는 약속장소에 약간 일찍 도착했다. 창가 쪽에 자리를 잡고 탁자 아래 가방을 내려놓았다. 그리고 담배를 피우기 위해 밖으로 나왔다. 그녀는 등 뒤에서 나타났다. 안녕하세요? 하는 소리에 돌아보니 한 손으로 여행가방의 손잡이를 잡고 한 여자가 서 있었다. 그녀는 자신이 누구인지 말하는 대신 다른 쪽 손을 들어 손가락으로 가방을 가리켜 보였다. 긴팔 셔츠를 입고 있었는데, 팔을 뻗을 때 손목에 감긴 붕대가 언뜻 드러났다. 옷과 머리카락이 조금씩 젖어 있었다. 쾌활한 목소리로 그녀가 말했다. 다 피우고 들어오세요. 가방 있는 자리로 가 있을게요. 어정쩡하게 고개를 끄덕이는 그를 스치고 지나쳐 그녀는 술집 안으로 걸어들어갔다. 그는 천천히 담배를 마저 피웠다. 쏟아지는 빗줄기를 바라보았지만 실은 아무것도 보고 있지 않았다. 그녀가 가방 없이도 자신을 알아보았다는 데 대해 생각하고 있었다. 어떻게 알아보았을까. 그녀도 그처럼 가방을 열어봤기 때문일 것이다. 하지만 그녀와 달리 그는 그녀에 대해 아는 것이 없었다. 그녀의 가방 안에는 갓 구입한 값싼 일용품만 수북했다. 그것들은 언제나 검문을 대비하며 쫓겨다니는 사람의 소지품처럼 정체불명이었다. 알람시계와 두꺼운 지도책이 있었지만 그것들 역시 여행지의 서점에서 구입했는지 유로화 가격표가 그대로 붙은 채였다.

그때의 그는 그녀를 알지 못했다. 여행지에서 그녀가 잠을 이루지 못했고 억지로라도 침대에 들어가기 위해 새벽 한시에 알람을 맞췄다는 것도, 깨어나기 위해서가 아니라 잠들기 위한 경보음이 필요했다는 것도 훗날 그녀에게서 들은 이야기였다. 그는 담배를 끄고 고개를 돌려 술집 안쪽을 바라보았다. 창유리 너머의 실내에는 불이 환히 밝혀져 있었고 흰 셔츠 차림의 웨이터들이 테이블 사이를 오갔다. 그리고 두개의 똑같은 가방 사이에 앉아 그가 서 있는 쪽을 바라보고 있는 그녀의 모습이 눈에 들어왔다. 창유리를 사이로 눈이 마주쳤다. 그녀는 조금 웃어 보였는데 등 뒤에서 빗줄기가 굵어진 탓에 갑자기 귀가 먹먹했다.

*

여기까지가 그의 이야기이다. 이제부터는 나의 이야기를 해야 할 것 같다.

그 가방은 나의 것이 아니었다. 친구의 가방이다. 여행가방을 살 시간도 없을 만큼 나는 다급하고 충동적이었다. 몸과 마음이 온통 불에 덴 듯 뜨겁고 쓰라렸다. 집에도 들르지 않았다. 소식을 들은 그 자리에서 곧바로 가방을 빌려 편의점의 물건으로 아무렇게나 그 안을 채웠다. 무작정 공항으로 갔다. 가방에 붙어 있던 친구의 네임태그를 고쳐 달 여유가 있을 리 없었다. 내 머릿속에는 오직 떠나버린 사람이 있는 곳에 가기만 하면 모든 것이 해결되리라는 생각뿐이었다. 모든 것을 돌이킬 수 있으리라고 굳게 믿었다.

비행기는 열세시간 동안의 나의 불면과 혼란과 격정을 실어날라 낯선 도시에 내려놓았다. 통화가 되지 않았다. 주소를 들고 며칠 동안 정신없이 돌아다녔다. 언제라도 그 사람을 따라갈 수 있도록 매일 아침 짐을 꾸렸고 덜컹거리는 가방을 끌면서 온종일 거리를 헤맸다. 끊임없이 물을 마셨지만 갈증이 가시지 않았다. 입술이 부르트고 눈가가 검어졌다. 가까스로 원하는 장소에 도착했을 때 이미 그 사람은 그곳을 떠난 뒤였다. 숙소의 연락처를 남겨놓고 돌아와 소식을 기다렸다. 그때부터는 한발짝도 밖으로 나가지 않았다. 종 일 한자리에 앉아 있었다. 마치 타들어가는 사막의 고립된 나무처 럼, 검고 깊은 숲에 버려진 휴가철의 집짐승처럼 지쳐가면서도 문 에서 눈을 떼지 못했다. 그 문을 열고 들어오는 사람은 없었다. 끝 내 울지는 않았지만 모든 것이 끝났다는 걸 알았다. 세계가 닫혔다 는 걸 알았다. 돌아오는 비행기 안에서는 조금 잘 수 있었다. 공항 에서 집으로 돌아오자마자 문을 걸어잠갔다. 그 문을 내 손으로 다 시 여는 일은 없을 거라고 생각했다. 하룻밤을 보내고 난 뒤에도 변한 건 없었다. 해는 떠올랐고 새는 노래했고 바다는 해안을 향해 뛰어들었다. 오후가 되자 세상이 더욱 고요해 거의 평화롭게 느껴 졌다.

그동안 친구가 수없이 전화를 걸었다고 했다. 그녀는 문자메시 지에 이어 음성메모까지 보냈지만 내 전화기는 비행기 안에서부터 꺼져 있었다. 언제 돌아왔니? 가방이 바뀌었다며? 어떤 남자가 내 번호로 메시지 남겼더라. 전화는 왜 이렇게 안 받아. 너랑 연락이 돼야 그 남자 전화를 받지. 저녁이 되자 친구는 집으로 직접 가봐 야겠다고 생각했고 현관 벨을 눌러대다가 마침내는 열쇳집 남자와 함께 잠긴 문을 부수고 들어와서 나를 병원으로 데려갔다. 정신을 차린 나에게 젊은 남자 의사가 말했다. 한번에 인대까지 잘 그으셨 네. 근데 정말 죽으려면 요골동맥까지 찢어야 합니다. 손목을 그어서 요골동맥까지 건들기란 진짜 쉽시 않죠. 다음번엔 누구한테 도와달라고 하세요. 그의 말은 이상하게도 나를 자극했다. 유용한 정보지만 이제 써먹을 일은 없을 거예요. 나는 농담으로 대꾸했다. 이 또한 이상한 일이었는데, 뜻밖에도 나는 살아났다는 사실을 쉽게 받아들이고 있었다. 삶과 죽음 양쪽에서 모두 거절당했다는 사실이 나에게 어떤 종류의 의지를 갖게 만들었는지도 몰랐다. 그 의지 탓에 나는 독설가인 그 의사와 즉시 사랑에 빠질 뻔했다. 퇴원한 뒤 집에 돌아와서 팽개쳐두었던 여행가방을 열어보지 않았다면 달콤한 케이크 상자를 들고 한번쯤 병원으로 찾아갔을지도 모를 일이었다.

내가 가방 안에서 제일 먼저 발견한 것은 국제구호단체의 회보였다. 포스트잇이 붙은 페이지를 펼치니 P시의 사진이 눈에 들어왔다. 나는 오래오래 그 사진을 바라보았다. 빠리의 거리 어딘가의 쓰레기통에 버렸던 전화번호와 주소만큼이나. 언젠가 그 사람이 건네준 메모가 레지던스 호텔의 주소라는 걸 알고 고개를 들지 못한 채 하염없이 내려다보고 있었던 것처럼. 그리고 참으로 오랜만에 할머니 생각을 했다. 죽음의 언저리에 갔을 때 꾸었던 꿈 때문이기도 할 것이다. 나는 보퉁이를 머리에 이고 혼자 들판을 걷고 있었다. 마음이 급했다. 작은 돌멩이들이 발바닥을 찌르고 나뭇가지가 종아리를 긁었지만 나는 멈추지 않았다. 저만치 들판의 나무 아래 혼자 쓰러져 있는 남자에게서 떠나려고 서두르는 거였다. 뺨으로 쉴 새 없이 뜨거운 눈물이 흘러내렸다. 때가 낀 납작한 손톱들은 보자기 귀퉁이를 필사적으로 움켜쥐고 있었다. 색깔이 선명하고 아름다운 보자기였다. 나는 작았고 보자기는 컸다. 보자기가 이끄는 대로 걸었고 어디로 가는지는 알지 못했다. 남자의 죽음으로부터 멀리 도망쳐야 한다는 것만이 분명했다. 어느 순간 나는 이 모든 것이 꿈속이라는 걸 깨달았다. 그때 눈을 떴다. 내가 어디에 있는지 알아차리기까지는 조금 시간이 걸렸다. 뺨이 차갑게 젖어 있음을 느낄 수 있었다. 한참 동안 그대로 누운 채 천장을 올려다보았다.

미혹과 욕망이 수없이 나를 낭떠러지로 몰았지만 나는 한번도 거짓에 휘둘린 적은 없었다. 결과가 나쁘다 해도 지난 일을 편집하고 방어장치를 만들 만큼 비겁하지는 않았다. 나는 단 하나의 선택을 했었다. 공항에서 가방이 바뀌지 않았다면 친구가 나를 병원에 데려가는 일 없이 나는 홀로 죽어갔을 것이다. 그런 생각은 의미가 없다. 어차피 생은 절취선처럼 불연속적으로 이어졌다가 약간 위태로운 절단면에 이르러 끊어져버리는 것이니까.

*

마지막으로 이것은 사진에 관한 이야기이다.

1851년 프레더릭 스콧 아처는 『더 케미스트』(*The Chemist*)에 습식촬영술을 발표했다. 그는 유리판에 콜로디온 막을 입히고 옥화암모늄과 취소용액, 질산은에 담갔다. 그런 다음 유리판이 젖은 상

태에서 밝은 빛 아래 순간적으로 상을 노출시켜 인화하는 데 성공
했다. 이 기술은 건판사진술이 소개되기까지 이십여년 동안 널리
사용되었다. 즉석에서 현상해야 했으므로 야외촬영 때마다 간이
암실을 갖고 다녀야 했다. 로키산맥을 찍는 사람들은 여러개의 텐
트를 지고 험준한 산에 올랐는데, 그중에는 물론 암실 텐트도 있었
다. 유리판에 담긴 상과 산맥을 동시에 내려다보며 그들은 사진에
포착된 시간이 자연과 마찬가지로 살아서 변화하고 있다는 느낌에
사로잡혔다. 그 사람 역시 바로 그 느낌에 매료되었다. 그는 자신의
작업실에서 홀로 작업을 했는데 주로 인물을 대상으로 했다. 나는
그의 모델이 된 적이 있다.

　내가 작업대에 앉아 커피를 마시는 동안 그는 촬영 준비를 하러
암실로 들어갔다. 나올 때는 가슴과 무릎을 덮는 긴 비닐 앞치마에
의료용 고무장갑을 끼고 있었다. 그리고 뭔가 꺼내려는 듯 냉장고
문을 열었다. 먼저 장기를 적출하나요? 나의 농담에 그는 맞아요,
저기 누우셔야 해요,라고 대꾸하며 작업실 바닥 한가운데 놓인 기
다란 조명박스를 가리켰다. 천장에는 검은 천을 씌운 상자가 어설
프게 매달려 있었는데 작은 구멍에 렌즈 뚜껑이 붙어 있는 걸로 보
아 카메라인 모양이었다. 흑경이라고 들어봤어요? 이게 필름인 셈
이에요. 그는 모세의 십계명이 적혀 있을 듯한 납작한 석판을 들어
보이더니 그 위에 몇가지의 화학약품을 발랐다. 삼십초 동안 움직
이지 않을 수 있죠? 이제 누워보세요. 그런 다음 조명박스의 윗부
분에 놓인 병뚜껑 같은 것을 가리키며 말했다. 저기에 머리를 받치

세요. 위치를 잡아줄 거예요. 나는 조금 망설였다. 불이 들어온 조명박스 위에 병뚜껑을 베고 누워서 사진을 찍히는 일이 어색하다기보다 우스꽝스러웠다. 무서워요? 그의 말에 나는 장난스럽게 대답했다. 네, 카메라가 얼굴로 떨어질까봐 겁나요. 그의 얼굴에도 웃음이 떠올랐다. 걱정 마세요. 허술해 보이지만 내 손으로 단단히 묶어놓았으니까.

누워 있는 나를 내려다보며 그는 얼굴의 위치를 몇번인가 바꿔주었다. 그리고 움직이지 말라고 한번 더 당부한 뒤 암실로 들어갔다. 그곳에서 뷰파인더 같은 장치로 피사체를 확인하는지 아니면 내가 부동자세에 집중하도록 피해주는 것인지는 알 수 없었다. 나는 누운 채로 혼자 남겨졌다. 삼십초란 긴 시간일까, 짧은 시간일까. 나는 움직이지 않았다. 머릿속으로는 수많은 생각이 흘러갔다. 병원에서 깨어나던 순간이 반복적으로 떠올랐다. 지금 누워 있는 조명박스처럼 세계에 다시 불이 들어오면서 그곳의 침대 위에서 나는 깨어났다. 그 순간 내 얼굴 위에서 어떤 카메라가 나를 찍었을까. 나는 어떤 얼굴로 눈을 떴을까. 어떤 얼굴을 갖고 또다른 생에 등장했을까. 무엇이 나를 되돌려보냈을까. 이윽고 암실 문이 열리는 소리가 났고 머리 위에서 그의 목소리가 들렸다. 됐어요. 이제 움직여도 돼요. 그는 카메라 렌즈의 뚜껑을 닫더니 석판을 꺼내들고 암실 쪽으로 사라졌다.

조금 뒤 다시 나왔을 때 그의 손에 들린 석판은 아직 젖은 상태였다. 수건으로 그것을 닦으며 그가 물었다. 삼십초 동안 무슨 생각 했어요? 별로 안했는데요. 그가 웃었다. 사람은 다 다른 것 같아요. 그걸 보여주기 위해서 이런 작업을 하는 거지만요. 센 사람처럼 보이고 싶다고 일부러 화난 표정을 짓는 회사원도 있었어요. 입을 크게 벌리고 웃는 척하는 여학생도 있었고. 어떤 시인은 눈을 감고 있더라구요. 자신의 죽은 모습을 찍고 싶다면서. 그는 다 닦은 석판을 똑바로 놓고 한참을 바라본 뒤 나에게 건네주었다. 마음에 안 들지도 몰라요. 처음엔 다 그러니까. 그리고 덧붙였다. 자기 모습의 원형 같은 게 담기거든요. 대개는 좋아하지 않더라구요. 그런데 중요한 건 시간이 지나면서 조금씩 변한다는 거예요. 화학약품이랑 공기 때문이죠. 이 사진 속 모습도 변할 거예요.

나는 석판을 물끄러미 들여다보았다. 검은 돌에 새겨진 나의 모습은 숯으로 그린 목탄화 같았다. 입은 다물어지고 눈빛은 멍했다. 군데군데 빛이 얼룩져 검은색의 흉터 같았고, 눈동자 속에는 여러 겹의 물기가 어른거리고 있었다. 하나로 묶은 긴 머리와 블라우스의 흰 깃 때문인지 지난 세기에 살았던 여자의 모습처럼도 보였다. 내 얼굴 같기도 아닌 것 같기도 했지만 분명히 눈에 익은 얼굴이었다. 어느 꿈속에서인가 나는 그 얼굴이 아니었을까.

그가 내 곁에 다가와 사진을 함께 바라보았다. 조금 어둡게 나왔어요. 마지막에 탈색을 하면 더 밝게 만들 수도 있는데, 청산가리 구하기가 어렵거든요. 혹시 아는 의사 없어요? 있어요. 나더러 동맥을 제대로 그리려면 도와줄 사람을 찾으라고 충고했던 사람인데. 그는 고개를 돌려 나를 바라보았지만 더이상 묻지는 않았다. 눈을 크게 떴을 뿐이었다. 그뒤로도 그는 내가 자주 자신을 놀라게 만든다고 말하곤 했다. 예상할 수 있는 범주 안에서 살아가는 자신 같은 사람에게는 일기예보에서 보던 불연속선을 연상시킨다는 거였다. 차가운 공기와 더운 공기가 만나면 지표면에 경계가 생겨난다. 그 경계가 불연속선이다. 그 선을 따라 갑자기 바람의 방향이 바뀌고 구름 모양이 변하며 눈과 비가 쏟아지고 번개가 번쩍인다. 하늘에서 가방이 떨어질 수도 있다.

담고 옮기고 꺼내는 것 중에 그릇과 사진, 가방이 있다. 이따금 그것들은 불연속선의 끝에 자리 잡아 화살표처럼 방향을 가리켜 보인다. 그때에 우리는 그것들이 가리키는 쪽으로 무심히 고개를 돌릴 것이다.

별의 동굴

8월 어느날 아침 그는 휴대폰의 문자 알림음 소리에 평소보다 일찍 눈을 떴다. 동네 안경점에서 보낸 문자였다. 그의 마흔여섯번째 생일을 축하하며 수입 테를 제외한 모든 품목을 할인해주겠다는 내용이었다. 그는 휴대폰의 달력을 열어 날짜를 확인하고 그날이 자신의 생일이란 걸 알았다. 일부러 잠을 깨울 만큼 특별한 일은 아니었다. 다른 대부분의 날들과 마찬가지로 달력에는 아무 일정도 표시돼 있지 않았다.

그가 사는 원룸 오피스텔은 11층에 동향이었다. 여름 해가 뜨는 것과 동시에 창을 통해 햇볕이 쏟아져들어왔다. 강렬한 햇볕 때문에 벽에 걸린 액자 속 그림과 창턱에 쌓아놓은 책들의 표지는 허옇게 색이 바래 있었다. 책상 위의 데스크톱을 아침의 직사광선으로부터 보호하기 위해서는 자기 전에 수건으로 덮어놓아야 했다. 육년 전 이 집을 계약할 때는 겨울이었다. 오랜 고시원과 반지하 생활을 벗어나 마침내 해가 드는 집에서 살게 되어 들떴다. 그 부드럽고 따사로운 볕이 여름에 실내를 불가마로 만들어버리리라는 건 짐작하지 못했다. 덕분에 여름마다 아침형 인간이 되어야 했다. 사타구니에 땀띠분을 뿌려가며 선풍기 앞에서 팬티 바람으로 지냈다. 그러다 며칠에 한번쯤은 에어컨을 찾아 까페에 나갔다.

커피가 맛없기로 소문난 체인점이 그의 단골 까페였다. 그다지 취향을 내세우지 않는 온갖 종류의 사람들이 이용하는 공간이었다. 그곳에서는 정수리의 머리숱이 적고 폴로 티셔츠 아래 헐렁한 청바지를 입은 남자가 혼자 몇시간을 앉아 있어도 그다지 눈길을 끌지 않았다. 탁자 위에는 늘 책과 자료가 펼쳐져 있었다. 가끔은 야외 테이블로 나가 담배를 피우며 지나가는 사람들을 무심히 바라보기도 했다.

그는 구년째 박사논문을 붙잡고 있었다. 빨리 끝내는 게 곧 실력이라며 잔소리를 해주던 지도교수가 작년에 정년퇴임한 이후 아무도 관심을 갖지 않는 논문이었다. 하지만 더이상은 미룰 수가 없었다. 새로 임용된 학장이 박사학위가 없는 강사를 일괄적으로 잘라버렸기 때문이다. 지난 몇년 동안 그는 대학 동기가 조교수로 있는 경기도의 한 대학에서도 강의를 해왔다. 그곳 역시 시간강사를 줄이고 대신 강의 전담 교수를 뽑는다는 소문이 있었다. 강의를 더해봐야 한두 학기가 고작일 것이다.

그러나 미리부터 비관적으로 생각할 필요는 없다고 그는 생각했다. 통장에 잔고도 얼마간 남았고 내년에 만기가 되는 적금도 있었다. 단출한 삶의 방식이 몸에 배었으며 돈이 들어갈 만한 특별한 취미도, 관계도 없었다. 전반적으로 일상이 무기력해지고 계획을 세워야 할 때에 위축되는 건 사실이었다. 하지만 그것은 현실적이고 조심스러운 성격 때문일 것이다. 나이 탓도 있었다. 집중력과 끈기가 떨어져 책상 앞을 들락날락하는 주기가 짧아졌고, 문맥을 파악하는 데에도 예전보다 시간이 걸렸다. 성격이든 나이든 모두 고치거나 피할 수 있는 일은 아니었다. 그런 바에야 현실을 수긍하고 거기에 맞춰 자신의 입장과 한계를 정하는 게 그의 방식이었다.

방학이 시작된 뒤 두달 동안 그는 그가 사는 신도시 오피스텔 주변을 거의 벗어나지 않았다. 올해 여름에는 어머니 집에도 내려갈 필요가 없었다. 지난봄부터 어머니는 자신이 기억할 수 있는 어린 시절만을 반추하며 남은 생을 요양병원에서 보내고 있었다. 그는 그것 또한 어머니에게 닥쳐올 필연적인 죽음의 전 단계로 어느정도 담담하게 받아들였다.

오피스텔 건물 1층에는 24시 편의점과 빵집과 코인 세탁소와 반찬가게가 있었다. 모퉁이를 돌면 식당과 까페, 그리고 생맥주 체인점이 나왔다. 그에게 필요한 거의 모든 것이라 할 수 있었다. 그 가게 중 한두군데에 들렀다가 나오는 길에 이따금 길 건너 공원을 산책하는 것이 그의 일상적인 동선이었다. 그는 시세에 따라 전세금을 올려주며 계약을 유지해왔다. 집을 옮길 마음이 없었고 그것은 지금도 마찬가지였다. 주인이나 집에 대해 불만이 없진 않았지만 군이 변화를 만들어 에너지를 소모할 만큼은 아니었다. 책도 문제였다. 그 건물에서 가장 작은 평수라 해도 그 집은 그가 살아오면서 가져본 공간 중 가장 넓었다. 그 공간의 거의 모든 벽을 그는 책으로 채워왔다. 처음으로 책장도 맞췄다. 커다란 책장이 현관문을 쉽게 통과하지 못해 목공소 주인과 함께 진땀을 흘렸던 일을 떠올리면 그 원목 책장을 다시 내갈 엄두가 나지 않았다. 그날 그가 편의점에서 도시락을 산 뒤 부동산 사무실 앞에서 걸음을 멈춘 것은 단지 만일에 대비해 시세를 알아두기 위해서였다.

사무실에 들어서자마자 가장 먼저 눈에 들어온 것은 벽 두개를 가득 채운 커다란 지도였다. 다른 벽에는 숫자가 크게 인쇄된 달력, 자격증과 허가증이 든 액자 몇개가 걸렸다. 묵중해 보이는 검은색 인조가죽 소파세트가 한자리를 차지했고, 그 앞의 유리탁자 위에는 신문이 던져져 있었다. 책상은 모두 세개였다. 맨 구석 자리 책상에서 한 여자가 고개를 들었다. 밝게 염색한 머리를 하나로 묶고 검은색 뿔테 안경을 쓴 여자였다. 어서 오세요. 여자는 인사를 건네며 안경을 벗었다. 그의 얼굴을 쳐다보더니 뭔가를 확인하듯 잠깐 눈을 가늘게 떴는데, 아마 습관인 것 같았다.

여자는 그에게 소파에 앉기를 권했다. 사장님이랑 실장님이 잠시 외출 중이거든요. 말투에서 약간의 사투리 억양이 느껴졌다. 염색머리와 일본 애니메이션 주인공이 그려진 요란한 티셔츠 때문인지 부동산 사무실에는 그다지 어울리지 않는 분위기의 여자였다.

그는 앉을 것까지는 없다고 사양했다. 뭐 좀 물어보려구요. 전세를 월세로 바꿀 경우에 시세가 어떻게 되나요? 여자가 얼른 펜꽂이에서 볼펜을 꺼내들고 물었다. 몇호세요? 여자의 직설적이고 갑작스러운 질문에 그의 목소리에는 경계심이 배어나왔다. 그냥 다음에 올게요. 저기요. 등을 돌리려는 그를 여자가 다급하게 불러 세웠다. 그리고 무슨 말인가 덧붙이려고 하는 순간 문이 열리고 중년 남녀 한쌍이 들어왔다. 중년 여자의 손에는 작은 케이크 상자가 들려 있었다. 남자가 그에게 다가와 부동산 사무실 대표라고 적힌 명함을 한장 건네며 말했다. 일단 좀 앉으시죠. 그는 결국 소파 끄트머리에 엉덩이를 내려놓았다. 집 위치를 알아야 정확한 시세를 말해줄 수 있다는 바람에 오피스텔 호수도 불러주었다.

그사이 여자 실장은 케이크를 꺼내 책상 위에 올려놓고 초를 꽂기 시작했다. 그가 소파에서 몸을 일으키자 염색머리 여자가 다가와 말했다. 케이크 좀 드시고 가세요. 그리고 어정쩡하게 바라보는 그를 향해 명랑하게 한마디 덧붙였다. 제 생일이거든요. 순간 그는 자기도 모르게 고개를 끄덕이며 생일 케이크로 시선을 돌렸다. 초는 모두 네개였다. 여자 실장이 생일축하 노래를 선창했고 사장도 찬송가풍으로 따라 불렀다. 그도 얼떨결에 박수를 조금 쳤다. 염색머리 여자는 진심으로 기쁜 듯 두 손을 맞잡고 환하게 웃었는데 콧대 옆에는 안경에 눌린 자국이 희미하게 나 있었다.

그날이 가기 전에 또 한번 그녀와 마주쳤다. 1층 생맥줏집에서였다. 평소에 그는 다른 자리 손님에게 거의 시선을 두지 않았다. 식당이나 술집을 혼자 드나드는 사람의 몸에 밴 태도였다. 아마 그날 오후 부동산 사무실에서 나란히 선 채로 생일 케이크를 나눠 먹지 않았다면 하나로 묶은 염색머리와 애니메이션 티셔츠의 조합을 무심히 지나쳤을 것이다. 그녀는 맥주잔을 앞에 놓고 구석 자리에 혼자 앉아 있었다. 한 손으로 턱을 괸 채 고개를 숙이고 있는 모습이 누굴 기다리는 것 같지도 않았다. 그가 저녁밥 대신으로 감자튀김에 생맥주 석잔을 비우기까지 긴 시간은 아니었다. 나올 때 흘끗 보니 그녀는 우편물 같은 것을 손에 들고 멍하니 내려다보고 있었다. 생일이 같은, 서로 모르는 사람 둘이 한 장소에서 각기 혼자 생일을 보내는 건 확실히 우연이었다. 그는 그 확률에 대해 생각해보려다가 그만두었다.

엘리베이터가 내려오기를 기다리던 그는 갑자기 심장박동이 빨라지는 걸 느꼈다. 왼쪽 가슴에 손을 대자 불규칙하고 급한 박동이 손바닥을 쳤다. 엘리베이터에 올라탄 뒤 곧바로 벽에 몸을 기댔다. 가끔 있는 부정맥 증상이었다. 몇년 전 처음 겪었을 때는 당황했지만 이제는 증상이 일어날 때마다 인터넷 블로거들의 충고대로 아랫배에 힘을 주고 심호흡을 했다. 서너달에 한번 정도밖에 나타나지 않았고 길어야 십분이면 가라앉았으므로 병원에 갈 정도는 아니라고 생각했다. 현관에 들어서자마자 그는 곧바로 침대에 가서 누웠다. 전에 없이 증상이 삼십분 넘도록 계속되었지만 마침내는 진정되었다. 침대 위에 늘어져 왼쪽 가슴에 손을 얹은 그대로 그는 잠들었다.

폭염이 도로와 자동차와 에어컨 실외기를 뜨겁게 달구던 지난 한주일 내내 그는 논문에만 매달렸다. 덕분에 겨우 한 챕터가 넘어갔다. 그다지 만족스럽지는 않았다. 논점이 약하고 예시도 빈약해 논리가 자연스럽게 이어지지 않았다. 새로운 자료를 읽을 때마다 처음 세웠던 가설에 혼란이 왔다. 그렇다고 이제 와서 뒤집으면 감당할 수 없게 일이 커진다. 어떻게든 진전시키려고 매수를 채워가다보니 문장이 따로 놀고 산만해질 수밖에 없었다. 산만해질수록 추상적이 되고 또 그걸 덮기 위해서 유행하는 이론의 틀에 집어넣거나 공허한 수사를 동원하게 마련이었다. 쓰는 사람에게도 뻔히 보이는데, 호의를 가질 의무가 없는 읽는 이들의 눈을 통과할 수 있을지 자신이 없었다. 때로 그는 자신이 할 수 있는 유일한 일에 그다지 재능이 없거나 있다 해도 이미 소진되어 한참 뒤처져 있다는 생각에 사로잡혔다.

그가 대학을 졸업할 때까지 어머니의 관심은 형에게 집중되었다. 학창시절 내내 우등생에다 시골 학교 출신으로는 드물게 명문대를 졸업하고 대기업의 엘리트 과장이 되기까지 형은 자존심 강한 어머니 인생의 버팀목이었다. 그는 책을 좋아하는 착실한 소년이었을 뿐 성적이 뛰어난 건 아니었다. 형이 이민을 떠나면서 어머니의 긍지는 끝나는가 싶었다. 미국 서부의 부자 동네에 정원이 딸린 이층집에 살고 있다고 해도 어머니에게 세탁소 주인은 자랑거리가 못되었다. 그러나 어머니는 다른 방법을 찾아냈다. 아버지의 죽음 이후 십년 넘게 혼자 살던 집을 팔고 노인 임대주택으로 들어가면서 그에게 목돈을 쥐여주었다. 그늘에만 머물던 그의 인생을 트랙으로 불러낸 것이다. 참고서를 만드는 작은 출판사에 다니던 그는 서른두살에 다시 학교로 돌아갔다. 박사과정에 입학하면서부터 곧바로 어머니가 다니는 복지회관의 노인들 사이에서 박사로 칭해졌고, 시간강사 자리를 얻자마자 대학교수로 불렸다.

　그는 학생들을 가르치는 일에도 의욕을 잃은 지 오래였다. 공부의 경우와 정확히 똑같았다. 더이상 유효하지 않다고 생각하면서도 자신이 배웠던 이론을 공허하게 반복하며 시간을 때웠다. 점점 무난하고 뻔한 말만 하게 되었다. 유일하게 기대할 수 있는 것은 지금의 제자리걸음 단계를 벗어나는 것뿐이었다. 임용이 이루어져 견고한 시스템 안에 속하게 되면 그 안의 동력으로 굴러가는 부분도 있을 것이고 거기 걸맞은 활기도 생겨날 것이다.

　책상에서 일어난 그는 기지개를 켠 다음 침대 머리맡에 던져두었던 휴대폰의 전원을 켰다. 연락 올 데는 없었지만 대출 안내나 청구서 알람이 거슬려 꺼두곤 했다. 부재중 전화가 한통 있었다. 그에게 시간강의를 주었던 동기였다. 그는 반바지 주머니에 담배와 지갑을 챙긴 뒤 휴대폰을 손에 들고 집을 나섰다. 1층 식당에서 칼국수로 늦은 점심을 먹었다. 그리고 오랜만에 공원 쪽으로 걸음을 옮겼다. 오후 네시의 여름햇살이 아직 따가웠지만 구름 없이 맑은 하늘과 짙은 녹음의 풍경이 눈을 시원하게 해주었다.

　분수대 앞 벤치에 앉아 동기에게 전화를 걸었다. 방송국에 다니는 친구가 장기간 해외연수를 떠나게 돼 환송 모임이 있다고 했다. 바로 그날 저녁이었다. 동기는 가볍게 말을 이었다. 얼굴 본 김에 너한테 할 얘기도 좀 있고. 그러지 뭐. 그는 선선하게 대꾸했다. 할 얘기라는 게 무엇인지 짐작이 갔기 때문이었다. 약속 당일에 연락을 해온 것부터가 동기의 망설임과 난처한 심경을 전하기에 충분했다.

친구들과 만나는 자리에서 그는 대체로 이야기를 듣는 편이었다. 사십대 중반 남자들의 술자리 화제에는 패턴이 있었다. 사회생활의 고충을 내세운 비난과 험담으로 시작해서 늙어간다는 푸념을 거쳐 뱃살과 운동과 가족들 이야기로 이어지곤 했다. 졸업하자마자 결혼한 친구는 대학생 딸이 있었고 누군가는 기러기 아빠가 되기도, 이혼을 하기도 했다. 직업을 바꾸거나 사업에 기복을 겪은 경우도 있었고 젊은 나이에 발병한 암을 이기지 못하고 죽은 친구도 있었다. 특별한 변화도 사연도 없이 같은 자리를 맴돌며 지겹도록 하나의 인생만을 사는 것은 그 혼자뿐이었다. 친구들은 출퇴근 시간에 구속받지 않고 티셔츠와 백팩으로 충분한 옷차림, 가족 없이 혼자 보낼 수 있는 휴일 따위를 들먹이며 그의 자유를 부러워했다. 술값 한번 시원스럽게 낼 주제도 못되고 작은 원룸에 혼자 살며 화제에도 끼어들지 못하는 그에 대한 형식적인 배려란 걸 그는 알고 있었다. 때로는 배려가 지나쳐 배제가 되고 은연중에 무능력한 사람으로 취급될 때도 없지 않았다.

하지만 그런 자리가 불편한 건 아니었다. 그 역시 자기 방식대로 삶을 관리해왔고 거기에 대해 일정한 비용을 치르고 있다는 자부심이 있었기 때문이다. 그는 폭음도 하지 않고 여행도 가지 않았다. 청결과 건강관리에 신경을 쓰며 스스로 정한 사소한 규칙들을 되도록 지키면서 살아왔다. 기준을 낮게 잡으면 낙천적이 되기란 그리 어려운 일이 아니었다. 욕망을 조절하면 자존심을 지킬 수 있었다. 집에 돌아와 혼자 맥주캔을 딸 때가 더 좋긴 했지만 어떤 모임에서든 위축감을 느끼지는 않았다는 뜻이다. 자기비하로 자리를 불편하게 만들지 않았고 자신의 마이너리티를 도덕적 무기로 내세우는 옹졸함도 부리지 않았다. 그는 남의 입장을 쉽게 이해하는 편이었다. 피해자가 되기 싫었기 때문이다.

공원을 반바퀴쯤 돌았는데 벌써 뒷목과 겨드랑이에 땀이 배기 시작했다. 그는 음료수 자판기 앞에서 걸음을 멈추었다. 생수 한병을 빼서 들고 등나무 그늘 쪽으로 다가갔는데, 그곳 벤치에 혼자 앉아 있던 여자와 눈이 마주쳤다. 부동산 사무실의 염색머리 여자였다. 안녕하세요. 그녀는 곧바로 인사를 건넸다. 그가 자판기 앞에 멈췄을 때부터 지켜보고 있었던 게 분명했다. 산책 나오셨어요? 네. 그는 어정쩡하게 서 있었다. 그녀의 옆자리에 앉기도, 다른 자리로 가기도 어색했다. 여자가 그를 올려다보며 다시 입을 열었다. 이 방향으로 걸으시나봐요. 네? 반대 방향으로 도는 사람들도 있잖아요. 아. 그는 생수병 뚜껑을 비틀었다. 그렇죠. 그녀가 팔을 쳐들어 손가락으로 크게 동그라미를 그려 보였다. 저는 이 방향이거든요, 시계 반대 방향. 저랑 반대로 걸으시네요.

생수를 한모금 마신 뒤 그는 겨우 할 말을 찾아냈다. 공원에 자주 오세요? 네, 점심 먹고 나서요. 그녀는 점심시간에 빈 사무실을 지키고 있다가 사장과 실장이 돌아오면 밥을 먹으러 나온다고 설명했다. 그들의 점심시간이 길어지면 오후 늦게야 공원에 나오는데 한적해서 그편이 더 좋다는 거였다. 여기 앉아서 지나가는 사람들 보는 게 재미있어요. 같은 방향을 보면서 줄지어 걷는 사람들도 있고, 서로 다른 방향에서 와서 스쳐지나가는 사람들도 있어요. 근데요. 그녀는 비밀이라도 알아낸 듯이 눈을 반짝였다. 사람들은 대개 자기가 정한 방향으로만 걷는 것 같아요. 시계 방향 아니면 시계 반대 방향. 그는 고개를 끄덕였다. 공원에 들어서면서 무심코 걸음을 옮겼는데 생각해보니 늘 같은 방향이었다. 그녀 식으로 말하자면 시계 방향이었다.

공원을 나왔을 때는 해가 완전히 기울어 있었다. 맥줏집 주인이 가게 문을 열어놓고 야외 테이블을 인도로 옮기다가 그에게 인사를 건넸다. 그는 걸음을 약간 빨리했다. 샤워를 하고 나가려면 서둘러야 할 시각이었다.

버스에 오른 지 얼마 지나지 않아 또 심장박동이 빨라지기 시작했다. 일년에 서너번 일어나던 증상이 일주일 만에 다시 나타난 것이다. 그는 숨을 고르며 아랫배에 힘을 주었다. 그러나 버스가 신도시를 벗어나 서울로 진입하고 신촌의 대학가에 이를 때까지도 박동은 진정되지 않았다. 건너편 좌석에서 흘끔거리는 승객도 아랑곳없이 그는 앞좌석 등받이에 이마를 받친 채 자전거 바퀴에 공기를 주입하듯 계속해서 심호흡을 했다. 소용없는 일이었다. 차창 밖으로 대학병원의 간판이 눈에 들어오자 그는 간신히 몸을 일으켜 버스를 내렸다. 병원까지는 걸어서 십분 정도의 거리였다. 신호등이 있는 횡단보도 두개를 건너고 경사진 길을 가까스로 걸어내려 갔다. 마침내 응급실에 다다른 그는 한 손으로 가슴을 붙잡고 온 힘을 다해 문을 밀었다.

접수 데스크를 거쳐 예진 담당 간호사 앞으로 갔을 때 그의 몸은 축 늘어져 있었다. 티셔츠 아래 심장만이 금방이라도 옷을 뚫고 나올 듯 들썩였고 그 기세에 아랫배까지 덜덜 흔들렸다. 간호사는 즉시 휠체어를 불러 그를 앉혔다. 병원 유니폼을 입은 청년이 휠체어를 밀기 시작했다. 또다른 청년 하나가 바쁜 걸음으로 따라오며 보호자의 이름과 연락처를 물었다. 그러나 두 손을 힘없이 가슴 위에 얹은 채 간신히 청년의 얼굴을 올려다보는 그의 머릿속에 보호자는 물론이고 상황을 알릴 만한 사람은 전혀 떠오르지 않았다. 자신의 목숨에 관여할 사람은 그 자신뿐이었으며 그 순간 자신이 할 수 있는 일은 휠체어에 실려가는 것이 전부였다. 그다음부터 그에게 일어나는 일은 자신이 안간힘을 다해 통제해온 삶의 영역 밖에 있었다. 휠체어 미는 청년이 슬리퍼 끄는 소리를 내며 그를 계속 안쪽으로 밀어갔다. 거기에는 고통과 비명과 싸움이 기다리고 있었다. 그는 눈을 감았다. 탈진한 가운데에도, 남의 손에 완전히 내맡겨진 무력함이 뜻밖에 편안했다.

응급실에 다녀온 뒤로 그는 까페에도 나가지 않고 집에만 틀어박혀 있었다. 동기에게 사정이 생겨 못 갔다고 간단한 문자를 보낸 뒤 휴대폰도 꺼두다시피 했다. 잠이 오지 않아 캔맥주를 취할 때까지 마시고 새벽에야 침대로 갔다. 이불을 머리까지 뒤집어쓴 채로 늦잠을 자는 날이 많아졌다.

그사이 병원에 두번 다녀왔다. 첫째날은 외래에서 심혈관 전문의의 진료를 받았다. 며칠 뒤에는 여러가지 검사를 했다. 심전도 측정기를 단 채 트레드밀 위에서 뛰기도 하고, 싸이보그처럼 상체에 기계를 휘감고 24시간 심장박동을 체크하는 홀터 검사도 했다. 병원에서 받은 책자도 꼼꼼히 읽어보았다. 심장의 수축과 이완은 심장 안의 전기 흐름에 의해 규칙적으로 이루어진다. 그런데 알 수 없는 이유로 전기가 흐르는 다른 길이 더 생겨나는 바람에 전기전달 체계에 혼란이 왔다. 부정맥은 위험한 병이었다. 증상이 어쩌다 나타나긴 하지만 매번 요행을 기대할 수는 없는 일이었다. 언제라도 심장이 멈춰버릴 수 있었다.

수술은 이주 후로 잡혔다. 담당 의사는 수술 성공률이 96퍼센트나 된다며 그를 안심시켰다. 그러나 환자라면 누구라도 나머지 4퍼센트의 경우에 대해 상상해보지 않을 수 없는 일이었다. 실패한다면 그것은 무슨 뜻일까. 단지 원인이 된 부위를 제거하지 못한다는 뜻일까 아니면 심장이 그대로 멈춰버린다는 뜻일까. 그는 응급실에서의 발소리와 비명과 신음, 바퀴 끌리는 소리, 손등에 박히는 주삿바늘, 그리고 탈진한 채 가쁜 숨을 몰아쉬며 자신의 심전도 그래

프를 지켜보던 상황을 떠올렸다. 일상이라는 완강한 프로세스 뒤에 있어서 깨닫지 못했을 뿐 죽음은 그다지 멀리 있지 않았다.

그녀를 다시 만난 것은 수술을 일주일쯤 앞두고 있을 때였다. 늦잠을 자고 일어나 냉장고에서 생수병을 꺼내는데 현관 벨소리가 울렸다. 문을 여니 파일을 두 팔로 껴안듯이 들고 그녀가 서 있었다. 얇고 헐렁한 반바지 차림이었던 그는 이마를 찡그렸다. 사장님이 한번 들러보라고 해서요. 전화번호를 안 남기셨다고. 무슨 일로요? 자기가 듣기에도 지나치게 냉랭했으므로 그는 말투를 좀 누그러뜨렸다. 월세 문제라면, 아직 결정 못했어요. 그녀가 눈을 깜박거렸다. 사장님이 집 상태를 보고 오라고 하시길래 저는 얘기가 된 줄 알았어요. 그는 그녀를 빤히 바라보았다. 어쩐지 그녀가 거짓말을 하고 있다는 느낌이 들었다. 그녀도 시선을 피하지 않고 마주바라보았는데 뜻밖에도 갈색 눈동자가 맑고 깊었다. 두개의 눈동자 한가운데에 그의 얼굴이 오롯이 깃들어 있었다. 들어오세요. 그가 몸을 옆으로 돌려 길을 내주며 말했다.

꼭 동굴 같아요, 책 동굴. 현관에 들어와 샌들을 벗으면서 그녀가 내뱉은 첫마디였다. 그가 기억하기로 육년 동안 그 집에 들어온 사람은 다섯명을 넘지 않았다. 모두 첫마디가 똑같았다. 도서관 같다거나 서점 같다고 말했다. 그녀는 동굴이라고 말했다. 저도 책 보는 거 좋아하거든요. 근데 책은 몇권 없어요. 같은 책만 몇번씩 읽어요. 어떤 책은 스무번 넘게 읽었어요. 저하고 반대네요. 그가 대꾸했다. 저는 사놓고 안 읽은 책이 더 많아요. 그럼 여기 이 책을 다 읽으신 거 아녜요? 이걸 어떻게 다 읽어요. 그는 짐짓 과장된 몸짓으로 고개를 흔들었다. 앞부분만 읽은 것도 있고 필요한 데만 골라서 읽기도 해요. 목차만 보고 덮어버린 책도 있고. 그녀가 눈을 크게 떴다. 저는 책 많은 집에 가면 그 집 주인이 거기 있는 책을 전부 다 읽었다고 생각했어요. 똑똑한 사람 앞이니까 말도 교양있게 해야 할 것 같고. 아니죠. 그가 대꾸했다. 똑똑한 사람이면 책 내용을 머릿속에 다 집어넣었을 거예요. 이렇게 책을 있는 대로 다 쌓아두지도 않겠죠. 술 없는 집하고 똑같아요. 있는 대로 먹어치우니까 술꾼 집에는 술이 없잖아요. 그녀가 소리 내어 웃었다. 그래도 이렇게 책으로 둘러싸여 있으면 뭔가 든든하고 뿌듯할 것 같아요. 이 안에 틀어박혀 있으면 시간 가는 줄도 모르겠어요. 세상이 어떻게 돌아가든 말든. 그게 문제예요. 그가 그녀의 얼굴을 똑바로 바라보며 말했다. 아무것도 아닌 주제에 세상을 우습게 보게 되죠. 그는 그녀의 웃음소리가 마음에 들었다. 거들먹거리는 농담으로 한번 더 웃음소리를 들어보고 싶었지만 그녀는 그 말에는 별다른 반응을 보이지 않았다.

그녀는 창가로 다가가 바깥을 내다보았다. 앞이 공영주차장이라 답답하진 않네요. 그녀가 한 말 중 부동산 사무실 직원다운 말이라고는 그것뿐이었다. 에어컨과 세탁기가 없고 욕실 타일이 몇개 떨어져나가고 바닥 난방이 안되는 것 따위는 눈여겨보지 않는 것 같았다. 현관을 나서며 그녀는 미리 준비해온 듯 파일 안에서 명함

한장을 꺼내 그에게 내밀었다. 결정되시면 전화 주세요. 그는 건네받은 명함에 눈길을 주며 중얼거리듯 말했다. 제가 주인하고 직접 얘기해도 되지 않나요. 그야 그렇죠. 그녀는 약간 얼굴을 붉혔다. 전화 주시면 시세를 알려드릴게요. 그녀와 눈을 맞추며 그는 순순히 고개를 끄덕였다. 집을 내놓아야겠다는 생각이 불현듯 머리를 스쳐갔기 때문이었다.

수술이 결정된 뒤 그는 자신을 둘러싼 삶의 울타리를 좀더 안쪽으로 옮길 수밖에 없다고 생각했다. 수입이 거의 끊긴데다가 뜻밖의 병원비가 생겨나 이제 적금을 깨는 것도 시간문제였다. 이사만은 망설여졌다. 그 집은 그가 처음 마련한 책의 진지인 만큼 쉽게 포기할 수 없는 마지막 보루이기도 했다. 살아오는 동안 그는 모든 면에서 결핍되고 가난했다. 스스로에게 허용하는 것이 많지 않았다. 견문을 넓힐 기회도 취향을 갖출 만한 여유로움도 갖지 못했다. 관계마저 최소화했다. 책들은 그가 가진 것 중 유일하게 전문적이고 풍족한 세계였다. 그러나 현실적으로 집을 줄이는 것 외에 다른 방도가 없었다. 울타리의 말뚝을 뽑는 첫 단계로서 제일 먼저 책을 정리해야 할 것이었다.

그는 먼저 오래된 책들부터 책장에서 빼내기 시작했다. 누렇게 바랜 종이에 글자가 너무 작고 행간도 좁아 읽기 힘든 책들이었다. 다음으로는 가벼운 산문집과 어쩌다 받아놓고 펼쳐보지 않은 증정본과 논문집을 골라냈다. 다시 들춰볼 것 같지 않은 이론서를 버렸고, 언젠가 필요할지도 몰라 자료로 갖고 있던 책들도 추려냈다. 한

때 존경했으나 지금은 관심이 없는 저자들의 저서를 솎아낼 때는 얼마간의 회한이 따랐다. 마음에 들지 않는 인기 저자들의 책을 고를 때에는 속도가 붙었다. 책장과 천장 사이의 공간을 차지하던 전집은 추릴 것 없이 모두 버릴 생각이었다. 영인본 총서, 학술지와 문예지도 마찬가지였다. 그의 몸은 땀범벅이 되었고 손과 발바닥은 책에서 나온 먼지로 새까매졌다. 오래된 종이에서 풍기는 묵은 냄새가 공기 속을 떠다녔다.

여덟개의 책장 중에서 겨우 두개분의 책이 치워졌을 뿐인데도 발 딛을 틈이 없을 정도로 방 안이 어지러워졌다. 그러나 두배나 세배쯤 더 책을 버려야 했다. 책장 한개를 비운 다음 좋아하는 책을 모아서 장르별로 다시 꽂기 시작했다. 그는 자신이 생각보다 많은 책을 읽지 않았다는 걸 깨달았다. 빼놓았던 책더미를 추리다가 미련이 생겨서 도로 책장에 꽂아놓는 책들도 있었다. 어떤 책은 지나가버린 한 시절을 떠올리게 했고, 곁에 있었던 사람을 기억나게 하기도 했다. 그중 어떤 책들은 그와 함께 수없이 이사를 다녔다. 고시원 책상 밑의 좁은 공간에 쌓였다가 어엿한 책장으로 옮겨줄 때의 뿌듯함이 기억났다. 절판되어서 어렵게 구한 책도 눈에 띄었다. 술집에 놓고 오거나 빌려간 사람이 돌려주지 않아 다시 산 책도 있고 오래전 사귀던 여자에게서 선물로 받은 책들도 있었다. 지금보다 훨씬 가난하던 시절에 산 책들에는 간혹 흐릿해진 글씨로 구입한 날짜와 장소가 적혀 있기도 했다. 그는 이따금 손길을 멈추었다. 굳건한 동행이었던 존재가 책장을 빠져나오는 순간 버려야 할 짐이 된다는 데에 어쩔 수 없이 착잡함이 밀려들었다.

책을 묶을 끈을 사러 나가는 길에 그는 주머니에서 그녀의 명함을 찾아 전화를 걸었다. 집을 내놓겠다고 했고 그리고 그날 저녁에 맥주 한잔하자고 말했다. 막상 해보니 두가지 모두 그다지 어려운 일도 아니었다.

그녀는 부동산 사무실에서 마주치기 전부터 그의 얼굴을 알고 있었다고 말했다. 까페에서 여러번 보았다고 했다. 출근길에 가끔 거기에서 커피를 사왔거든요. 맛은 그저 그렇지만 왠지 멋져 보이잖아요. 그녀가 처음 본 그는 비 오는 날 까페 입구의 차양 아래에서 담배를 피우고 있었다. 그녀는 커피를 사들고 까페를 나서는 길이었다. 빗물이 흐르는 우산에다 핸드백과 커피를 양손에 든 채 팔꿈치로 까페 문을 열려고 애쓰는 그녀를 보더니 그가 다가와 문을 당겨주었다. 고맙습니다. 그녀의 인사에 그는 별다른 반응을 보이지 않았지만 그녀는 그의 얼굴을 기억했다. 두번째로 까페에서 책을 읽는 모습을 발견하고 그가 그곳에 자주 간다는 것을 알았다. 그뒤로도 한두번 더 그를 까페에서 보았다. 그러다가 까페에 발길을 끊은 것은 그녀의 고모이기도 한 부동산 사무소 실장에게서 돈을 낭비한다고 잔소리를 들었기 때문이었다.

우리 사무실에 들어오셨을 때 저 진짜 놀랐어요. 아 참, 그날 케이크 잘 먹었어요. 그는 뒤늦은 인사치레를 한 뒤 말을 이었다. 혹시 그날 안경점에서 생일축하 문자 안 받았어요? 네? 처음 봤을 때

안경을 쓰고 있어서요. 아, 그거요. 그녀가 멋쩍은 표정으로 웃었다. 돋보기예요. 라식수술 때문에 노안이 빨리 왔거든요. 그러고는 짐짓 명랑하게 덧붙였다. 생애전환기잖아요. 건강검진 안내서가 왔더라니까요. 여기로 이사 와서 받은 첫 우편물이었는데.

그녀는 석달 전에 자기가 태어난 도시를 떠나왔다. 십칠년간의 결혼생활을 끝내고 나서였다. 고모가 부동산 사무실에 직원이 필요하다고 연락을 해왔을 때 그다지 내키지 않았다. 마흔살에 새 출발 하기에는 어울리지 않는 일 같아서였다. 그러나 낯선 도시로 떠난다는 사실에 결국은 마음이 움직였다. 그녀는 몇 블록 떨어진 원룸텔에 살고 있어서 술집이 문을 닫는 시각까지 귀가를 서두르지 않아도 된다고 말했다. 언제부터 책을 좋아했어요? 그녀가 물었다. 그게 말이죠, 좀 긴 얘기인데. 그는 술기운이 오르는 걸 느꼈지만 생맥주 두잔을 더 주문했다.

초등학교 6학년 때였다. 자연 과목 숙제로 미생물의 모양을 조사해가야 했다. 참고서를 찾아봐도 소용없었고 중학생인 형도 도움을 줄 수 없었다. 결국 형은 이런 숙제는 안해도 된다고 했지만 그는 미심쩍었다. 동네 약국 아저씨가 알지도 모른다고 말해주었다. 그 아저씨는 대학을 졸업했다는 거였다. 그날 아저씨는 바빴다. 약국 정리도 해야 했고 안채에 들어가 밥도 먹어야 했고 약도 지어야 했고 읍내에도 볼일이 있었고 손님들과 나라 돌아가는 이야기도 해야 했다. 그는 숙제공책과 필통을 끼고 날이 어두워지도록 약국 문 앞에서 기다렸다. 마침내 아저씨가 약국 안으로 그를 들어오게

한 뒤 공책을 폈다. 먼저 타원 몇개를 그리고 그 안에 길고 짧은 막대기들과 꼬불꼬불한 선들을 대충 그려넣었다. 마지막으로 원 아래에 이상한 병균의 이름을 적었다. 불친절하고 욕도 잘하는 뚱뚱한 아저씨였지만 굉장한 지식인으로 보였다.

다음 날 학교에서 의기양양하게 숙제공책을 폈다. 형의 말이 맞았다. 숙제를 해온 사람은 그와 반장아이 둘뿐이었다. 그가 충격을 받은 것은 자신이 고지식하게, 그것도 엉성하게 숙제를 해온 데에 교사가 야유 비슷한 반응을 보였기 때문이 아니었다. 반장아이의 숙제공책 때문이었다. 약국 아저씨가 그린 것의 몇배 많은 원 안에 아주 정교한 그림이 들어 있었고 각 미생물에 대한 설명이 서너줄씩 달려 있었다. 저런 멋진 지식은 어디로부터 오는 것일까.

그뒤 우연한 기회에 반장의 집에 놀러 간 적이 있었다. 그애의 책상은 그의 것보다 조금밖에 크지 않았다. 형의 것만 했다. 그러나 거기에는 신문기자 삼촌이 물려줬다는 백과사전이 줄을 맞춰 꽂혀 있었다. 백과사전 안에는 시간과 공간을 초월한 엄청나고 무한한 세계가 담겨 있었다. 그는 인명사전을 꺼내 그가 아는 모든 유명한 사람들의 인생이 송두리째 그 안에 들어 있음을 보았다. 과학사전과 역사사전과 지리사전 속에는 그가 궁금하게 생각했고 어른들에게 물어보면 면박이나 받았던 모든 것에 대한 이야기가 낱낱이 밝혀져 있었다. 그날 그는 저녁밥 먹을 시간이라고 반장이 떠밀 때까지 바닥에 주저앉아 사전을 훑어보았다. 이제는 아무도 책으로 된 백과사전을 읽지 않지만 오래전 한 시골 소년의 보잘것없는 미래는 어쩌면 그때 결정되었을지도 몰랐다.

우리 집 거실에도 그런 백과사전이 있었는데. 그녀가 입을 열었다. 아버지가 친척한테 할부로 사서 장식장 위칸에 고이 모셔놓았죠. 그때 유행이었거든요. 그는 그녀가 그의 이야기를 귀담아듣지 않았음을 알아챘다. 아마 그가 쓰고 있는 논문처럼 스스로도 확신하지 못하는 틀에 끼워맞춰진 공허한 이야기이기 때문인지도 몰랐다. 사실 그것은 소심한 사람의 위선과 자기위안으로 적당히 가공된 이야기였다. 아마 그날 그가 새롭게 발견하고 환호한 것은 지식의 여정이 아니라 형과 약국 주인과 교사와 반장에 대한 보복의 방식이었을지도 모른다. 그가 갈망했던 것은 지식이라기보다 지식을 통해 진입할 수 있는 시스템의 권위였을 것이다. 그는 거기에 속하기를 원했다.

그녀와 그는 한동안 각기 자기 생각에 골몰한 채 말없이 술잔을 비워갔다. 갑자기 그녀가 술잔을 들어 그의 잔에 부딪쳤을 때에야 그는 생각난 듯이 고개를 들어 그녀를 바라보았다. 그와 눈을 맞추며 그녀가 물었다. 요즘 공원에 안 나가셨죠? 공원에요? 네, 안 보이시던데요. 그의 행적을 찾아다니기라도 했다는 말투였다. 한번 갔는데요. 그래요? 왜 못 봤지. 혹시 방향을 바꾸신 거 아녜요? 같은 방향으로 걸으면 서로 못 만나는데. 그는 농담을 하기로 마음먹었다. 저도 방향을 바꿔보려고 했어요. 하지만 그쪽도 나를 피하기 위해 방향을 바꿨을지 모른다는 생각이 들었죠. 그러면 결국 마주칠 거고, 더 나쁜 건 서로를 피하려 했다는 걸 들키게 되잖아요. 그래서 그냥 하던 대로 시계 방향으로 걸었어요. 그는 그녀의 웃음소리를 기다렸지만 그녀는 진지한 표정이 되었다. 그러고는, 시간을 맞춰서 같이 가요, 그럼 방향은 상관없잖아요,라고 말했다. 확률을 100퍼센트로 만드는 방법이 있는 걸 몰랐네요. 그는 계속 농담으로 받았다.

그녀와 헤어지고 나니 한꺼번에 취기가 몰려왔다. 걸음걸이가 흔들렸고 집을 지나쳐버리는 바람에 되돌아오기까지 했다. 번호키를 누르자 걸쇠가 풀리는 익숙한 소리가 귀에 들어왔다. 그는 문을 열었다. 아무 생각 없이 현관으로 발을 들인 순간 주춤했다. 눈앞에 펼쳐져 있는 뜻밖의 장면 때문이었다. 자신의 책들이 여기저기 아무렇게나 흩어지고 쌓이고 바닥에 함부로 던져져 있는 광경은 그를 몹시 놀라게 했다. 마치 어떤 불온한 폭력이 침입해 책장을 무너뜨려버린 것 같았다. 그렇게 만든 것이 자신임을 깨닫고도 그 섬뜩한 느낌은 쉽게 사라지지 않았다. 그는 쓰러지듯 바닥에 주저앉아 주머니에서 담뱃갑을 꺼냈다. 담배에 불을 붙이고 길게 한모금을 빨아들였다. 그리고 바닥에 굴러다니는 책 가운데 한권을 집어들었다. 그와 같은 연배의 잘나가는 평론가의 책이었다. 자신이 인정하지 않는 책으로 분류해 던져버렸지만 그 책에는 군데군데 밑줄이 그어져 있었다. 눈을 찌르는 담배연기 때문에 이마를 찡그린 채로 그는 천천히 그 글귀를 읽었다.
그 자신도 알고 있었다. 그는 그들의 재능과 행운과 친화력을 질투했고 그가 갖지 못한 것에 미련을 품었다. 중심으로부터 일정한 거리 밖에 물러나 있기를 자청한 것은 욕망이 없어서가 아니었다. 패배자가 되기 두려웠던 것이다. 전략적이지 못했을 뿐 타협도 했다. 힘있는 자들의 눈 밖에 나지 않으려 애썼고 명백한 오류임을 알면서도 그들이 주도하는 방향에 따랐다. 싸움이 벌어질 때는 아무 입장도 취하지 않음으로써 중간자의 이득을 취했다. 경쟁이 될 만한 상대에게서 약점을 찾아내기 위해 예민했고, 그에 대한 험담이 나오면 사실이 아님을 알면서도 침묵으로 그 오해를 부추겼다. 유리한 위치에 있을 때는 충분히 이기적으로 굴었다. 불안해서 비겁했다. 자신이 없었기 때문에 거만하거나 초탈한 척했다. 수긍한 게 아니라 회피한 것이었다. 자기를 변명하고 합리화하는 논리도 익혀갔다. 그 논리란 권위를 추종하고 인기를 탐내면서 아닌 척 자신을 기만하는 기술이었다. 자신을 포함해서 주변 사람들이 생각하듯 그가 논문을 빨리 끝내지 못한 것 역시 완벽주의자여서라거나 학문 욕심 탓이 아니었을 것이다. 기대 이하의 결과일까봐 두려웠고, 모자란 실력이 탄로나는 상상만으로도 악몽에 시달렸다. 의미없이 책장을 차지하고 있던 수많은 책들이, 그 무너짐이, 그가 허세에 찬 그 인생을 얼마나 위태로운 마음으로 지키려 애써왔는지 고스란히 보여주고 있었다.

어떤 인생 말인가. 그는 중얼거렸다. 나에게 좋았던 시절이 있었던가. 언제였을까. 충혈된 눈으로 우황청심환을 삼키고 석사논문 발표를 가까스로 마쳤을 때 지도교수가 던졌던 칭찬을 잊을 수가 없다. 인쇄된 석사논문을 들고 어머니 집에 갔던 날 모처럼 함께 갈빗집에 갔었다. 그런 시절일까. 지방대학 세곳을 포함해서 일주일에 닷새씩 강의를 다닌 적도 있었다. 여러번 코피를 쏟았지만 밤 늦게 서울에 도착하면 귀가하는 택시비 정도는 감당할 수 있었고 가끔이나마 어머니께 용돈도 부쳐드렸다. 큰 망설임 없이 갖고 싶은 책을 살 수 있었다. 그런 시절이 좋았던 한때일까. 아니면 학술지에 발표한 글을 보고 잡지에서 딱 한번 원고 청탁을 해왔을 때일까. 이 집으로 이사 왔을 때일 수도 있다. 지원금 심사에서 탈락해 울적해 있던 차에 학술 전문 출판사에서 자문위원을 제안해왔다. 이년 만에 폐간됐지만 사무실 안에 자기 의자를 갖고 적으나마 고정수입이 생긴 건 처음이었다. 그때가 좋았던 시절일까. 대학원 선후배로 만나 오년을 사귄 여자와 동해로 첫 여행을 떠났었다. 여자는 지방대에 임용된 뒤 같은 대학 교수와 결혼해버렸지만 그 여행은 좋은 기억으로 남아 있다. 그때일까, 좋았던 시절은.

공부에 홀린 듯 빠져들었던 때가 있었다. 매일같이 알고 싶은 게 생겨났고, 한가지를 깨치면 컴퓨터게임의 클리어 단계처럼 다른 문이 열려 새로운 세계로 그를 이끌었다. 기량이 느는 듯한 기분 좋은 탄력과 속도감도 뒤따랐다. 매혹적인 텍스트를 붙들고 발견의 기쁨과 각성으로 깨어 있던 천진했던 밤들. 그렇게 가다보면 햇볕이 내리쬐는 푸른 언덕 위에 올라가 있을 거라고 생각했다. 이제는 바닥에 내던져진, 저 권위있는 책들의 호위를 받으며.

그는 다 타버린 담배를 바닥에 있는 아무 책에나 대고 비벼 껐다. 그런 다음 벌떡 일어나 책장으로 다가갔다. 처음에 그는 자신이 바닥의 책들을 다시 책장에 꽂기 위해 일어났다고 생각했다. 그러나 어느 사이 책장의 책을 빼내기 시작했다. 한권씩 꺼내 표지를 보고 집어던지다가 나중에는 제목도 보지 않고 두 손으로 서너권씩 잡아 팽개쳤다. 아예 책장 칸막이 사이로 두 손을 집어넣어 한꺼번에 와르르 쏟아지게 만들었다. 책장 두개가 모조리 빌 때까지 그는 쉴 새 없이 책을 무너뜨리고 던지고 짓밟았다. 더이상은 기운이 없었으므로 침대로 비틀비틀 다가가 드러누웠다. 이불을 덮은 뒤에는 불현듯 왼쪽 가슴에 손을 올려 박동을 확인했다.

병원에서 '입원예고제'란 제목의 문자가 왔다. 심장내과로 입원 예정이오니 당일 내원하시기 바랍니다. 감염 예방을 위해 보호자는 1인으로 제한하며, 면회는 12~14시와 18~20시에만 가능합니다. 그는 백팩에 세면도구와 수건과 슬리퍼만을 챙겼다. 책은 넣지 않았다.

병실은 8층이었다. 간호사 데스크에 접수를 하고 2인실을 배정받았다. 같은 병실을 쓰는 환자는 혈관확장수술을 받기 위해 하루 전에 입원한 노인이었다. 노인과 보호자용 의자에 앉아 있는 할머니와 인사를 나눈 그는 환자복으로 갈아입고 곧바로 침대에 누웠다. 노인이 말을 걸어왔다. 자신은 두번째 수술인데 2인실에도 의료보험이 적용되어 다행이라며 보호자는 언제 오느냐고 물었다. 그는 적당히 얼버무렸다. 간호사가 와서 그의 팔에 이름과 혈액형이 적힌 인식표를 감았다. 혈관을 찾아내 링거 바늘을 꽂았고 이어서 인턴이 기계를 밀고 들어와 심전도를 체크했다.

저녁식사 시간에 노인의 가족이 면회를 왔다. 노인은 그에게 일일이 그들을 소개했다. 큰아들 부부와 대학생 손자, 큰딸 부부, 둘째 며느리와 손녀들. 그가 사양하는데도 군이 그들이 사온 전병과 조생귤을 나눠주기도 했다. 그들은 노인의 침대를 둘러싸고 앉거나 선 채로 한시간 가까이 떠들썩하게 이야기를 나누었다. 병실을 떠날 때에도 번갈아가며 활기찬 억양으로 노인에게 인사말을 던졌다. 가족에게 둘러싸여 연신 고개를 끄덕이는 노인의 주름진 얼굴에는 피로와 함께 자부심이 깃들어 있었다. 늙어가고 죽어가는 경로가 곧 그 사람 인생의 점수라고 생각하는 사람의 완고한 표정이었다.

할머니가 그에게서 빌려간 보호자 의자를 그의 침대 옆으로 다시 갖다놓았다. 시끄럽게 해서 미안해요, 올 필요 없다고 했는데도. 애들이 아버지 생각을 많이 해요. 네, 가족이 최고죠. 그는 예의 바르게 대꾸했다. 아저씨는 보호자가 안 와요? 네. 더이상 대화가 이어지지 않도록 그는 벽 쪽으로 돌아누웠다. 할머니가 보호자 의자의 등받이를 잡아당겨 간이침대로 만드는 소리가 들려왔다. 커튼 치는 기척이 들리더니 이내 조용해졌다. 그도 그의 침대 쪽 커튼을 닫았다. 병실 불은 모두 꺼져 있었지만 건너편 병동의 복도 불빛 때문에 실내는 어둡지 않았다.

그는 휴대폰으로 웹툰이라도 보려다가 내려놓고 눈을 감았다.

내용이 머리에 잘 들어오지 않았다. 수술동의서의 문구가 떠올랐다. 우리 병원에서 이 수술 중 환자가 사망한 예는 없으나 의학적으로 0.01퍼센트의 가능성이 있을 수 있습니다. 그는 휴대폰을 다시 켜고 비행기 사고로 죽을 확률을 검색해봤다. 0.0019퍼센트였다. 휴대폰을 끄고 창문 너머 불이 밝혀진 건너편 병동을 바라보았다. 이 대학병원 안에 병실은 몇개나 될까. 각 병실 안의 수많은 환자들이 병과 대치하고 있다. 그중에는 죽음에 임박한 사람도 있을 것이다. 내일이면 죽어 있을 사람도 있을지 모른다. 이 시각 거대한 병동 안에 잠들거나 깨어 있는 사람들 모두 자신의 운명에 대해 무기력하다. 젊은 날 그는 오직 지성이 세상을 밝히고 각성이 삶을 결정한다고 믿었다. 초자연적 존재를 믿지 않았으므로 그가 의지하고 선망하는 정신활동의 목록 속에 종교는 없었다. 그러나 자신의 육체에 대해 전권을 빼앗긴 지금 그는 운명을 관장하는 게 누군지 알고 싶었고, 그게 신이라면 자기편이 돼달라고 기도하고 싶기까지 했다.

내 편이 되어줄 리 없지. 그는 생각했다. 자신이 무신론자여서가 아니었다. 어린 시절 「포세이돈 어드벤처」라는 영화를 보았다. 뉴욕에서 아테네로 가는 호화 크루즈 여객선은 시골 소년이 상상해왔던 배와 완전히 달랐다. 본 적도 없는 아름다운 음식과 술이 넘쳐나는 선상의 신년 파티, 화려한 파티복 차림으로 춤을 추는 수백명의 승객들. 그는 지구상 어딘가에 그처럼 호화스럽고 멋진 세상이 있다는 데에 경악했고 구석진 나라에 태어난 시골 소년의 처지로서 질투와 선망에 사로잡혔다. 그리고 그 경악이 컸던 만큼 해저지진의 거대한 폭발로 뒤집히고 깨져나가는 크루즈선, 처절한 비명을 지르며 빠른 물살에 휩쓸려 사라지는 사람들의 모습에서 더욱 끔찍한 공포를 느꼈던 것이다. 그때 어린 그는 생각했다. 내가 저 화려한 배에 탈 확률이 거의 없기 때문에 저런 끔찍한 재난을 겪을 일도 없는 것이다. 나쁜 뉴스를 보고 내 일이 아니어서 다행이라고 생각했다면 남의 행운 역시 부러워해서는 안된다. 지금 역시도 그는 같은 생각을 하고 있었다. 살아오는 동안 큰 행운이 없었으니 0.01퍼센트의 불행 또한 오지 않을 것이라고. 대체 이처럼 비겁한 자기위안의 논리로 얼마나 많은 억울함과 박탈감에 굴복해왔던 것일까. 식은 밥 같은 중간지대의 안전이 그에게 남긴 것은 고독뿐이었다.

밤늦게 간호사가 와서 쪽잠이 든 그를 깨웠다. 허리둘레와 엉덩이둘레를 쟀다. 수술대에 누운 그를 마지막으로 덮을 수술포의 싸이즈일까. 걱정 말고 편히 주무세요. 간호사의 의례적인 말에 그는 몇번이나 고개를 끄덕였다. 마지막으로 인턴이 한차례 더 심전도를 체크했다. 가슴과 발목과 손목에 고무 흡반 같은 걸 붙이는 그의 손이 차가웠다. 그는 자신의 몸이 포착할 수 있는 느낌 하나하나를 또렷이 인식하려고 신경을 집중했다. 자신에게 남아 있는 인생의 감각 전체가 거기에 축약돼 있기라도 하듯이.

노인의 침대에서 할머니의 것인 듯한 기침 소리가 났다. 그는 수술하기 전 2주일의 유예기간에 어머니를 보러 가지 않은 것을 잠깐 후회했다. 다음 날 수술실로 들어가기 전에 노인병원으로 전화를 해봐야겠다고 마음먹었다가 이내 생각을 바꾸었다. 믿기지는 않지만 혹시 자신이 0.01퍼센트 안에 들고 또 사후세계가 있다면 어머니와는 얼마 안 가 만나게 될 것이었다. 그는 다시 잠들었다. 노인이 비명을 질러서 할머니가 급히 간호사를 불러왔을 때, 그리고 결혼식에 갔는데 축의금을 내려고 보니 지갑이 텅 비어 있어 당황하는 꿈을 꾸었을 때, 그 두번을 빼고는 대체로 잘 잤다.

오전 8시 반쯤 바퀴침대가 복도에 도착했다. 남자 조무사가 그가 침대에 올라가는 걸 도왔다. 남이 끄는 침대에 누운 채로 좁은 복도를 지나가는 건 이상한 경험이었다. 누운 채로 이동하는 것 자체가 너무나도 불안정하고 무력했다. 스스로의 발로 바닥을 딛고 선다는 것, 손을 내밀거나 팔을 뻗친다는 것, 고개를 젖혀 뒤를 바라본다는 것, 그런 모든 운동과 의지의 전 단계가 봉쇄돼 있었다. 무방비한 탓인지 몸에 가해지는 속도도 훨씬 빠르게 느껴졌고 시야는 한정되었다. 바퀴침대가 환자 수송용 엘리베이터 안으로 들어갔을 때 그는 천장에 붙은 그림을 보았다. 기독교 재단의 병원이기 때문일까. 누워서 실려가는 사람이 보도록 붙여놓았음이 틀림없는 그 그림은 「천지창조」의 한 부분이었다. 신과 그의 피조물의 손가락이 닿으려는 순간을 그린 그 그림은 신이 인간에게 지성을 부여하는 장면이라고도 해석된다. 그러나 그의 눈에는 최초의 인간이 창조되는 순간 깨달아버린 살아 있음의 무력함, 그리고 그 굴레에서 일어나지 못하도록 명령하는 엄격한 운명의 모습으로 비쳐졌다.

9월 어느날 뉴스를 검색하던 그는 '별의 동굴'이란 단어에 시선을 멈췄다. 아프리카의 한 동굴에서 고대 인류의 화석이 발견되었다는 소식이었다. 몸이 작은 여성 과학자들이 25센티미터도 안되는 좁은 틈을 비집고 들어갔을 때, 거기에는 천오백여개의 유골들이 가지런히 정돈된 형태로 놓여 있었다. 과학자들은 장례의식으로 추정했다. 그리고 죽음 이후를 상상한 최초의 인류에게 '호모 날레디'라는 이름을 붙였다. 별의 인간. 그들이 발견된 동굴의 이름에서 따온 것이었다. 그는 처음 동굴 안으로 들어간 과학자들이 보았을 수없이 많은 화석의 풍경을 상상해보았다. 바닥에 흩어진 것처럼 보였겠지만 누군가의 애도에 의해 그들이 살았던 생의 내용과 그 질서를 전해주었을 화석들. 불현듯 자신이 먼 훗날 그해 여름을 별의 동굴이란 말로 기억할지도 모른다는 생각이 스쳐갔다.

정화된 밤

1

    다니엘의 부모는 이십오년 전 성당에서 처음 만났다. 청년 성가대의 연습실에서였다. 첫인상은 서로 그다지 강렬하거나 호의적이지 않았다고 한다. 한쪽은 첫눈에 상대가 자기 타입이 아니라 이내 고개를 돌렸고 다른 한쪽은 형식적으로 인사를 건넸을 뿐 시선조차 똑바로 주지 않았다. 둘 다 일년쯤 뒤에 결혼할 상대라는 건 알 턱이 없었다. 그날은 다니엘의 엄마가 성당에 다니기 시작한 첫날이기도 했다. 대학 졸업반이 되면서 그녀는 영어학원에 다닌다거나 매주 도서관에 간다는 등 몇가지 진지한 결심을 했는데, 언제나처럼 흐지부지되었고 실천에 옮긴 것은 그 한가지였다. 그 한가지가 인생에서 결정적인 선택이 되리라는 것 역시 그때는 알지 못했다.

학기 초 여자대학교 4학년의 화제는 취직과 결혼에 집중돼 있었다. 그녀가 다니는 국문과에서는 반 이상이 교사 임용고시 준비를 했고 몇몇은 취직시험에 대비했다. 결혼이 결정된 친구도 셋이나 되었다. 그것도 아니면 대학원 시험공부를 했다. 그녀는 그 어느 쪽도 아니었다. 그녀의 부모처럼 교사가 되는 건 고리타분했고 여성에게 극히 제한적인 기회밖에 주지 않는 대기업과 신문사의 입사경쟁에 뛰어들 자신도 없었다. 공부에는 흥미가 없었다. 중매결혼에 유리한 조건을 가진 것도 아니고 연애를 잘하기에는 다소 소심했다.

그녀는 호기심과 감상을 갖추었으며 거기에서 생겨나는 욕망과 공상 또한 충분히 갖고 있었다. 그러나 추진력과는 거리가 멀었다. 계획단계에서부터 갖가지 오류와 염려를 발견하는 데에 열심인 나머지 마치 무언가를 하지 않으려고 하는 데에 재능이 있어 보일 정도였다. 그 때문에 그룹에서 그다지 환영 받지 못했고 눈총을 받는 일도 있었다. 하지만 성당에 다니는 일은 좀 다를 것 같았다. 신도들 사이에 조용히 끼여 앉아 있기만 하면 되고 그 결과로 주일마다 마음이 정화될 뿐 아니라 때로 도움이 필요할 때 기도를 들어주는 신을 자기편으로 만들 수 있었다. 가장 중요한 것은 그것이었다. 오랜 학생 신분이 끝나가는 데에 아무런 준비도 되어 있지 않았을 뿐 아니라 천성적으로 외톨이였던 그녀는 권위와 사랑, 그리고 도덕적 우아함을 갖춘 집단에 소속되고 싶었다.

3월 넷째주 일요일에 그녀는 성당을 찾아갔다. 그 성당은 그녀가 학교에 오갈 때마다 지나치는 사거리 모퉁이에 있었다. 건물 외벽에 늘어진 현수막에는 축일이나 기념일 안내문 혹은 성경 구절이 적혀 있곤 했다. 그녀가 가장 많이 본 것은 '당신을 초대합니다'라는 문구였는데, 그날은 '주님탄생예고 대축일'이라고 적혀 있었다. 그녀는 신자들이 하는 대로 입구의 성수대에서 손가락으로 물을 찍어 십자가를 그은 뒤 성당 안으로 들어갔다.

미사가 시작되자 입당성가와 함께 두명의 소년 복사를 거느리고 신부가 제단으로 나왔다. 사순절이라서 신부는 죄와 보속을 의미하는 보라색 수단을 입고 있었다. 보라색은 그녀가 가장 좋아하는 색이었다. 제단을 장식한 꽃과 촛대, 금빛 십자가, 긴 통로와 높은 천장과 스테인드글라스 사이의 엄숙한 성화들. 그 화려하고 경건한 분위기에 압도되는 게 그녀로서는 그리 어려운 일이 아니었다. 그녀는 입속으로 나직하게 기도문을 중얼거리는 흰색 미사포의 여인들 틈에서 자신도 모르게 두 손을 꼭 모았다. 평소 버릇대로 몇번인가 잡념에 빠졌지만 그때마다 신자들이 일어나고 앉고 무릎 꿇기를 반복하는 바람에 그들을 따라 하느라 얼른 정신을 가다듬을 수 있었다.

그날 받은 주보에는 '주님탄생예고 대축일'이 사순 기간에 예외적으로 기쁨의 노래인 대영광송을 바칠 수 있는 날이라고 적혀 있었다. 그것이 무슨 뜻인지 알 리 없는 그녀는 머리 위로 갑자기 웅장하고 아름다운 합창이 울려퍼졌을 때 번쩍 눈을 떴다. 고개를 돌려 2층에 있는 성가대를 우러러보는 순간 희미한 전율이 찾아왔다. 합창을 듣는 내내 그녀의 머릿속에는 한가지 생각이 떠나지 않았다. 자신이 성당에 오게 된 것은 누군가에 의해 면밀히 예정된 일이라는 믿음이었다. 미사를 마치고 나오는 길에 게시판에서 '청년 성가대원 모집' 안내문을 읽게 된 것 역시 우연만은 아닐 것 같았다. 그녀는 대체로 자신감이 부족했지만 순간 웬일인지 과 야유회에서 「동심초」를 불러 박수를 받았던 기억이 떠올랐고, 거의 충동적으로 성가대 연습실을 찾아가 문을 두드렸다.

연습실은 정적에 감싸여 있었다. 미사를 마친 신자들이 인사를 나누느라 성당 앞마당이 부산스러워진 탓에 더욱 고요하게 느껴졌는지도 몰랐다. 오르간에 기대선 채 악보를 뒤적이던 청년이 문소리에 고개를 돌려 그녀를 바라보았다. 텅 빈 연습실에 그 혼자뿐이었다. 그녀가 머뭇거리며 용건을 말하자 그의 얼굴에 상냥한 웃음이 떠올랐다. 잘 오셨어요. 제가 지휘자 가브리엘이에요. 그들은 서로 자신을 간단히 소개했다. 음악대학 대학원생이라는 가브리엘은 듣기 좋은 저음을 갖고 있었다. 큰 키에 옷차림은 세련되었으며 말투와 태도가 부드럽고 유쾌했다. 그의 오르간 반주에 맞춰 간단한 테스트를 받는 동안 그녀는 숨이 차지 않는데도 계속 얼굴이 붉어져 있었다. 긴장하셨나봐요. 그녀의 노래가 끝나자 희고 긴 손가락을 건반에서 내려놓으며 가브리엘이 안타깝다는 듯 말했다. 그녀의 표정이 어두워졌다. 그러나 다음 순간 가브리엘은 활짝 웃으며 노래 부르듯 리드미컬하게 말했다. 소프라노 파트시네요. 환영합니다. 그녀 역시 드라마틱하게 깜짝 놀란 표정을 지었다. 그리고 기쁨을 표현하는 동시에 자신의 빠른 심장 박동을 감추기 위해 가슴 위에 한 손을 올렸다.

얼굴이 상기된 채 겨우 인사를 마친 그녀가 자리에서 일어났을 때 문이 열리고 다른 청년 하나가 들어왔다. 가브리엘이 그를 테너 파트장이라고 그녀에게 소개했다. 고등부 때부터 그 성당에 함께 다닌 동네 친구 사이라고 했다. 그가 요셉이었다. 안녕하세요. 어딘지 어색한 표정으로 눈을 내리깐 채 요셉이 인사를 건넸다. 요셉의 첫인상은 한마디로 고집 세고 고지식해 보였다. 제대한 지 얼마 안 된 복학생이어서 머리카락은 짧았고 옷을 맵시있게 입기 힘든 커다란 덩치에 어울리지 않게도 목소리는 가늘었다. 그녀는 건성으로 요셉에게 고개를 까딱한 다음 다시 가브리엘에게 눈인사를 건네고 연습실을 나왔다. 문을 닫으며 한번 더 돌아보니 가브리엘이 기다렸다는 듯 미소 띤 얼굴로 한 손을 번쩍 들어 보였다. 그녀는 그녀답지 않은 결단력을 발휘하여 다음 주부터 바로 예비신자를 위한 성당 교리반에 다니기 시작했다.

그녀는 가을에 세례를 받아 젬마라는 이름을 얻었다. 세례식날 성가대원들은 축하의 선물로 수태고지 장면이 담겨 있는 성화 액자를 주었다. 수태고지는 글자 그대로 임신을 알린다는 뜻이었는데, 커다란 날개를 가진 천사 가브리엘이 책을 읽고 있는 마리아를 찾아와 백합을 건네주는 그림이었다. 지휘자인 가브리엘이 자신과 이름이 같은 천사가 등장한다는 다소 장난기 섞인 이유로 그 그림을 골랐다고 했다. 젬마와 같이 소프라노 파트였던 로사와 헬레나는 따로 미사포를 선물했다. 요셉에게서는 장미목 묵주를 받았다.

요셉과 젬마가 가까워진 것은 서울 근교 수녀원으로 1박 2일간 여름 수련회를 갔을 때였다. 썽얼롱 시간에 요셉은 혼자 산책을 나갔다가 갑자기 쏟아진 비에 쫄딱 젖어 감기에 걸리고 말았는데 식사 당번이던 젬마가 인스턴트 수프를 끓여주었다. 그후 요셉은 젬마를 부쩍 챙기는 눈치였고 젬마는 종종 노래할 때 자신을 바라보는 요셉의 시선을 느낄 수 있었다. 연습이 끝난 뒤 어쩌다 다 함께 맥줏집에 가면 대개 그녀의 옆자리에 요셉이 앉았다. 젬마는 요셉을 요셉 오빠라고 불렀지만 가브리엘에게는 꼬박꼬박 지휘자님이라고 존칭을 썼다.

가브리엘은 어디에서든 조명을 받으며 중심에 있는 존재였다. 성가대원들 사이의 은밀한 감정 기류에 관심을 둘 만큼 한가하지도 예민하지도 않아 보였다. 그럼에도 젬마는 언제나 풍향계처럼 가브리엘이라는 바람을 따라 움직였다. 처음 성당에 나온 날의 흥분된 자기암시는 다소 희미해졌지만 그녀는 여전히 자신의 기도에 얼마간 기대를 걸고 있었다.

사실 감상적이고 감정을 숨길 줄 모르는데다 자기주장이 없이 어느 자리든 끼워주기를 바라는 그녀는 선의의 이데올로기로 타인을 물들이는 게 주된 관심사인 집단에서 충분히 주의를 끄는 존재였다. 게다가 성가대원들 대부분은 그 동네 고급 주택가에 오래 살아 부모끼리 아는 경우도 많았다. 학교가 근처라서 그 성당에 오게 된 젬마는 소수에 속했다. 젬마는 배려를 받았다. 젬마가 언니라고 부르는 로사에게 비밀 엄수를 다짐받은 뒤 가브리엘에 대한 마음을 털어놓았을 때 로사는 격려라도 하듯이 다정하게 등을 토닥여주었다. 젬마는 성가대가 지금까지 속했던 그 어떤 집단보다 자신에게 호의적이라고 믿었고 강한 연대감을 느끼고 있었다.

크리스마스가 다가오자 성가대는 한달 전부터 연습량을 늘려갔다. 마지막 주에는 닷새 동안 매일같이 맹연습을 했다. 성탄 밤 미사에서 그들은 성가대 단복을 맞춰 입고 소리 높여 예수의 탄생을 기뻐하는 노래를 불러 신자들의 박수를 받았다. 미사가 끝나자마자 신자들 모두 귀가를 서둘렀지만 그들은 성당 앞마당에 모여 쉽게 축제의 흥분을 가라앉히지 못하고 있었다.

무리의 한가운데 서 있는 것은 언제나처럼 가브리엘이었다. 코트 깃 너머로 하얀 입김을 내뿜으며 쉴 새 없이 웃음을 터뜨리는 그에게서 젬마는 눈을 떼지 못했다. 이윽고 지붕의 커다란 별 장식만을 남겨둔 채 성당 건물에 불이 꺼지자 성가대원들도 흩어지기 시작했다. 가장 먼저 가브리엘이 떠났고 다른 대원들도 큰 소리로 메리 크리스마스를 외치며 하나둘 자리를 떴다. 젬마의 마음은 실망으로 가득 찼다. 가브리엘의 주도 아래 성가대의 올나이트 모임이 이어지기를 기대했던 것이다. 하숙집 초인종을 누르기에 너무 늦은 시각이기도 했지만 무엇보다 홑겹 모직코트 안에 새 블라우스와 미니스커트로 한껏 멋을 부린 그녀는 그대로 하숙집에 돌아갈 마음이 전혀 없었다.

요셉이 남아주어 그나마 다행이었다. 하이힐까지 신은 채 밤거리를 헤매면서도 불평하지 않았던 건 그래서였다. 그러나 가는 곳마다 캐럴이 울려퍼지며 온 도시가 불을 밝히고 북적대는 그 밤, 어디에도 그들이 들어가 앉을 자리는 남아 있지 않았다. 발이 꽁꽁 얼어붙어 감각이 둔해졌는데도 걸음을 옮길 때마다 발가락과 뒤꿈치를 죄어오는 하이힐의 통증은 칼로 찌르는 것만 같았다. 코트를 뚫고 들어온 바람이 얇은 블라우스 한겹으로 덮인 젬마의 속살을 차갑게 얼렸다. 걸음을 멈추고 몸을 녹일 수만 있다면 어디든 상관없다는 합의에 이르기까지는 뜻밖에도 그리 많은 설득과 주저함이 필요하지 않았다. 하지만 방을 구하는 일은 훨씬 더 지난한 과정이었다. 여관 입구에서 번번이 거절을 당하며 겨울바람이 몰아치는 새벽 거리와 골목을 헤매고 다녀야 했다. 그럼에도 끝내 헤어지는 못했다. 너무 추운 날이었다. 방금 투숙했던 커플이 채 옷도 벗기 전에 싸우고 나와버리는 바람에 극적으로 시장 입구의 여관방 하나를 얻게 된 그들은 온돌의 온기가 코끝에 닿자마자 조금도 망설이지 않고 이불 속으로 들어갔다.

다음 해 봄 젬마와 요셉은 성당에서 결혼식을 올렸다. 성가대원들이 가브리엘의 지휘에 맞춰 축가를 불러주었다. 젬마는 거기에 대한 화답이라고 하기에 충분할 만큼 눈물을 흘렸다. 요셉이 손수건을 건네주었지만 그것은 오히려 웨딩 베일로 덮인 그녀의 어깨를 더욱 크게 들먹이도록 만들었을 뿐이었다. 신랑 신부가 피로연 테이블을 돌며 인사를 하는 순서에서 성가대원들의 자리 앞에 이르자 멈췄던 울음이 다시 터지는 바람에 잠시 분위기가 머쓱해지기도 했다. 결혼식날이 사실상 성가대원들과의 마지막 만남이었다. 요셉과 젬마는 서울 외곽도시에 마련한 신혼집 동네의 성당에 나가기로 돼 있었다. 집들이에 초대하겠다고 말했지만 그것은 지켜지기 어려운 약속이었다. 그때는 배가 불러오기 전이었다.

다니엘은 가을에 태어났다. 성가족으로 살겠다는 맹세의 의미로 그들은 아들이 유아세례 때 받은 이름을 그대로 호적에 올렸다. 다니엘이 태어난 뒤로도 한동안은 일요일마다 미사에 참석했다. 그러나 운동량이 많아져 부산스러운 아들을 통제하기 힘들어지면서 한두번 미사를 빼먹기 시작하더니 아예 성당에 다니지 않는 날이 왔다. 성가대원들의 결혼선물인 성가족 그림액자도 이삿짐 포장 그대로 다용도실 구석을 옮겨다니다가 버려졌다. 신자였던 흔적은 다니엘의 이름뿐이라고 할 수 있었다. 한가지 더 있다면 첫 만남이나 결혼식 같은 몇개의 기념일이 천주교회의 축일에 맞춰져 있다는 점이었다. 다니엘은 자신이 생겨난 날짜도 알고 있었는데, 그것은 전세계가 요란하게 기념하기 때문에 결코 잊어버릴 수가 없는 축일이었다.


2


그 시절 성가대원들 사이에 유행처럼 즐겨 듣던 음악이 있었다. 처음 그 음악을 알려준 것은 성가대의 지도신부인 안토니오 신부였다. 클래식 음악을 좋아하여 일본 사는 친척이 국제우편으로 보내준 음반을 많이 갖고 있었는데 「정화된 밤」도 그중 하나였다. 안토니오 신부는 그 음악을 들려주면서 아름다운 사랑의 시를 모티프로 작곡되었으며 일본 클래식 방송에서 연인들의 신청이 가장 많은 곡이라고 소개했다. 작곡가 자신이 사랑에 빠졌을 때 작곡한 곡이라고도 했다. 생소하고 난해한 구석이 있어서 듣기에 쉬운 곡은 아니었다. 그것이 오히려 성가대원들의 음악적 허세를 자극했는지도 모른다. 가브리엘이 안토니오 신부에게서 음반을 빌려 카세트테이프에 녹음했고 성가대원들은 앞다투어 그것을 복사했다. 요셉도 하나 갖고 있었다.

크리스마스 이후 학교 앞 클래식 다방에서 젬마를 만날 때마다 요셉은 그 음악을 신청했다. 시도 때도 없이 터져나오는 젬마의 눈물을 가라앉히는 데에, 그리고 자신의 생각을 정리하는 데에도 음악은 어느정도 도움이 되었다. 무엇보다 무의미하게 되풀이되던 원망과 근심과 불안의 시간을 29분 동안이나 조용히 흘려보낼 수 있다는 점에서 가장 큰 미덕을 갖고 있었다.

결혼하고 몇년이 지나 처음 오디오를 장만했을 무렵 요셉은 자주 음악을 들었다. 오디오 잡지를 구독하고 음반을 수집하고 음향기기의 세팅을 바꾸는 것이 취미이던 시기였다. 그때 사 모았던 씨디가 지금도 씨디장의 반 이상을 차지하고 있었다. 가끔은 젬마도 함께 들었는데 「정화된 밤」은 더이상 그녀의 신청곡이 아니었다. 뭔지 모르게 설교를 듣는 느낌이고 편하지가 않다는 거였다. 자신이 그 음악을 인생에서 가장 힘든 시기에 너무 많이 들어 선입견이 생겼거나 아니면 나이를 먹은 탓에 감각이 무뎌진 모양이라고 말하기도 했다. 그들이 음악에 대해 대화를 나눈 것은 아마 그때가 마지막이었을 것이다.

다니엘이 보기에 부모는 사이가 좋은 편이었다. 혼인성사에서 맹세한 성가정은 이루지 못했지만 틈틈이 가족 외식을 하고 휴가철에는 여행을 떠났으며 기념일마다 선물을 주고받았다. 이따금 모임이나 극장에 가기 위해 함께 저녁 외출을 하기도 했다. 젬마는 작가나 작사가가 되겠다는 국문과생의 흔한 꿈을 기억해내고 문화센터에 전화 문의까지 한 일도 있었지만 매번 집안일의 우선순위를 핑계 대며 포기하고 말았다. 그리고 그때마다 요셉은 변화를 원하지 않는 젬마의 성격이 가진 장점을 환기시키며 그녀를 지지했다. 이십오년 전 자신이 젬마를 설득하는 데 재능이 있다는 걸 깨달은 이후 요셉은 한결같이 강한 자기주장과 관대한 태도라는 양날을 써서 젬마를 대했고 그것은 대부분 젬마가 자신의 현실에 대한 순응을 공고히 하는 효과를 거두었다.


3


젬마가 우편함 속에서 낯선 봉투 하나를 발견한 것은 지난주의 일이었다. 보통 그녀는 요셉 앞으로 온 우편물은 뜯어보지 않았다. 그러나 발신인이 어느 대기업 산하의 문화재단인데다 규격보다 큰

봉투 크기로 보더라도 광고물이 분명했으므로 별생각 없이 그것을 열었다. 그 안에는 '사랑의 시가 있는 음악회'라는 소극장 공연 팸플릿이 들어 있었다. 티켓 두장과 함께였다. 팸플릿을 훑어보던 젬마의 눈길이 연주 곡명에서 잠깐 멈췄다. 그녀도 잘 아는 레퍼토리였다. 해설자의 이름과 사진에 이르러서는 시선이 훨씬 더 오래 그리고 신중히 머물렀다. 그녀는 그것이 성가대 지휘자 가브리엘의 이름이란 걸 기억했다. 사진을 보니 확실했다. 가브리엘은 음악대학 교수가 되어 있었고 섬세하던 얼굴 윤곽은 무너졌지만 눈웃음은 그대로였다. 음악회 날짜는 일주일 뒤였다.

저녁 설거지를 마친 뒤 젬마는 소파로 가서 요셉에게 우편물을 내밀었다. 요셉이 무심한 얼굴로 받아들었다. 그는 얼마 전부터 노안이 시작되어 팸플릿을 눈에서 멀리 떨어뜨리고 읽어야 했다. 하지만 탁자 위에 팸플릿을 던지듯 내려놓는 그의 이마가 깊게 찡그려진 것은 노안 때문이 아니었다. 여전하네. 가브리엘을 두고 내뱉는 말이었다. 최근에 연락이 닿아 통화한 적이 있다며 음악회 얘기는 들었지만 티켓까지 보낸 건 뜻밖이라고 덧붙였다. 아직도 일 벌이고 사람 모으는 걸 좋아하는 모양이군. 그가 리모컨을 집어 버튼을 누르자 텔레비전에서 저녁 뉴스가 흘러나왔다. 당신 전화번호는 어떻게 알고 연락했대? 젬마의 물음은 건조한 봄철 화재주의보를 전하는 현장 기자의 목소리에 묻혀 잘 들리지 않았다. 나한테는 전화 왔다는 말 왜 안했어요? 젬마가 한번 더 물어서야 그는 마지못해 젬마 쪽으로 고개를 돌렸다.

처음에 젬마는 가브리엘이 대학 동창회 사무실을 통해 요셉의 연락처를 알아냈다는 걸 이해하지 못했다. 그녀가 알기로 두 사람은 옛 우정을 잊지 못해 연락처를 수소문할 만큼 친밀한 사이는 아니었다. 요셉은 주목받는 걸 즐기는 가브리엘이 과장된 친절로 여자들의 오해를 부추긴다고 비난하곤 했다. 그의 진심 없는 사교적 제스처에 속아 상처받은 여자가 한둘이 아니라고 강조한 적도 여러번이었다. 한편 가브리엘 쪽에서 보면 요셉은 동네 친구라서 봐주고는 있지만 꽁한 성격의 무능한 파트장이었다. 지휘자의 말을 듣지 않는 고집불통에다 자기도취가 심해 합창 때마다 목소리를 크게 내는 거라고 험담을 하기도 했다. 젬마는 가브리엘이 임원으로서 동창회 일에 앞장서고 있다는 말을 듣고서야 고개를 끄덕였다. 음악회 같은 행사를 통해 동문들을 끌어모으는 것은 그에게 어울리는 일 같았다. 하지만 요셉이 가브리엘의 전화를 받고도 자신에게 소식을 전하지 않았다는 건 여전히 신경이 쓰였다. 그의 말대로 깜빡 잊었을 수도 있지만 둘이 함께 알고 있는 옛 친구들의 소식을 전해줄 때와는 태도가 딴판이었던 것이다.

이해가 가지 않기는 요셉 또한 마찬가지였다. 그는 팸플릿을 이리저리 뒤적이는 젬마를 한참 동안이나 곁눈으로 바라보고 있다가 마침내 입을 뗐다. 당신 거기 갈 거야? 글쎄. 레퍼토리가 괜찮잖아. 오랜만에 연주 한번 들어보고 싶긴 하다. 보내준 사람 성의도 있고. 말을 마친 뒤 이번에는 젬마가 요셉 쪽으로 고개를 돌렸다. 당신은 시간 안돼? 시간도 시간이지만. 요셉은 말을 끊고 잠시 멈췄

다가 다소 단정적으로 다음 말을 내뱉었다. 어쨌든 나, 그날 야근이
야. 그래? 그럼 다니엘하고 가야 하나. 젬마는 계속 무심한 말투였
고 그것이 요셉의 신경을 묘하게 자극했다. 우연일 뿐이겠지만 연
주곡이 「정화된 밤」인 것도 마음에 들지 않았다. 가브리엘이 그 곡
을 카세트테이프에 담아와 성가대원 모두에게 들려주던 때가 기억
났고 그가 해설하는 음악회의 분위기가 어떤 것일지는 짐작이 가
고도 남았다.

다니엘이 아르바이트를 마치고 밤늦게 집에 들어왔을 때 두사람
은 거실 소파에 앉아 클래식 음악을 듣고 있었다. 탁자 위에는 반
쯤 채워진 와인잔 두개와 안주 접시가 담긴 쟁반이 놓였다. 음악
씨디 케이스, 그리고 팸플릿 같은 것도 눈에 들어왔다. 젬마가 배고
프지 않냐고 묻는 대신 술잔을 하나 더 가져오겠다고 몸을 일으키
는 걸 보고 다니엘은 그녀가 취했다는 걸 눈치챘다. 그는 피곤해서
그냥 쉬겠다며 만류했다.

근데 웬 클래식이에요? 야상점퍼의 단추를 풀며 다니엘이 물었
다. 두사람이 음악을 들으며 술잔을 나누는 일은 종종 있었지만 주
로 젊을 때 듣던 팝음악 쪽이었던 것이다. 너 가졌을 때 많이 들었
던 곡이야. 진짜 명곡인데, 너도 들어볼래? 젬마의 목소리는 높았
고 어딘지 비꼬는 듯한 구석이 있었다. 소파 등받이에 깊숙이 기댄
요셉도 그리 밝은 표정이 아니었다. 다니엘이 제 방으로 들어간 뒤
얼마 되지 않아 음악은 끊겼다. 대신 가볍게 다투는 기척이 들려왔
는데 갑자기 볼륨을 높인 채로 음악이 다시 시작되는 바람에 대화

내용은 거의 들리지 않았다. 자정 무렵 화장실에 가면서 보니 안주 쟁반은 치워지고 탁자 옆에 빈 와인병만 두어개 늘어서 있었다.

다음 날 느지막이 잠에서 깬 다니엘이 거실로 나갔을 때 집 안은 조용했다. 저혈압이 있는 젬마는 요셉의 출근을 챙기고 나서 오전 시간에는 대개 침대에 누워 있었다. 다니엘은 소파에 가서 앉았다. 탁자 위의 팸플릿을 무심히 집어드는데 잠옷 차림의 젬마가 안방 문을 열고 나왔다. 너, 그날 시간 되니? 팸플릿을 가리키며 하는 말이었다. 젬마는 부엌의 정수기로 가서 물을 한잔 따라 마신 다음 말을 이었다. 여자친구가 음악 좋아한다고 하지 않았어? 다니엘이 그 말뜻을 알아차린 건 젬마가 다니엘의 아침을 차리기 위해 싱크대 쪽으로 돌아선 뒤였다. 여자친구인 엄지가 노래를 좋아하고 아이돌 그룹의 열성 팬인 것은 사실이었다. 그러나 클래식 음악회에 선뜻 가겠다고 할 것 같진 않았다. 다니엘이 엄지에게 전화를 건 것은 팸플릿 표지에 적힌 '사랑의 시가 있는 음악회'라는 문구 때문이었다.


4


요셉은 옛 성가대의 모임에 참석한 적이 있었다. 초등학교 동창이기도 한 로사에게서 직장으로 연락이 왔다. 테너 파트였던 바오로가 이민을 떠난다며 송별회 소식을 전해온 것이다. 요셉은 그다지 내키지 않았지만 옛 파트장으로서 모임에 빠질 핑계를 찾기가 어려웠다. 그 모임에서 예상과 달리 가브리엘의 모습은 볼 수 없었다. 유학을 마치고 돌아온 그가 처가에 얹혀살면서 예술고등학교의 시간강사를 전전하며 어렵사리 경력을 쌓고 있다는 소식은 들을 수 있었는데 요셉은 하마터면 그 얘기를 젬마에게 전할 뻔했다. 요셉은 처음부터 젬마를 그 모임에서 제외시킬 생각은 아니었다. 오래전 젬마는 임신을 눈치채일까봐 한동안 성가대원들과 거리를 두었는데, 결혼 날짜를 잡은 이후까지도 한번 생겨난 서먹함이 사라지지 않았다. 가뜩이나 남의 시선을 신경 쓰는 그녀가 성당에도 다니지 않는 냉담자의 처지로 성가대원들 만나기를 꺼려할 것 같아 소식을 전하지 않은 것뿐이었다. 요셉 자신도 더이상 모임에 나가지 않았다. 몇차례 더 전화가 왔지만 얼굴을 비치지 않았고 그러다보니 연락이 끊어졌다. 가브리엘이 갑자기 전화를 걸어오리라는 건 생각지도 못한 일이었다.

가브리엘은 음악회 같은 외부활동이 많고 중요한 보직을 맡아 바쁘다는 말로 자신의 근황을 늘어놓았다. 동창회와 관련된 용건을 간단히 전달하더니 곧바로 젬마의 안부를 물었다. 그리고 이십오년 전 그때 성가대원 모두 젬마의 임신을 알고 있었다고 유쾌한 목소리로 털어놓는 거였다. 우린 다들 젬마보다 너한테 더 놀랐잖아. 왜? 요셉은 여유를 갖고 대꾸했다. 요셉이 원칙주의자이거나 요령부득이어서 그런 일을 저지를 줄 몰랐다고 하면 성가대원들의 선입견과 달리 자신이 융통성도 있고 편법도 쓸 줄 안다고 받아칠 셈이었다. 그러나 가브리엘의 대답은 그게 아니었다. 왜긴 왜야. 네가 보기보다 마음이 넓어서 그런 거지. 가브리엘은 그 말이 칭찬이라도 된다는 듯 웃음을 터뜨렸다. 어쨌든 젬마는 성공했지. 성가대에서 남편을 찾긴 찾았잖아. 그의 말투와 웃음소리 어디에서도 악의는 느껴지지 않았다. 무신경하고 무차별적인 친밀의 제스처, 그리고 남을 배려할 필요 없이 자기중심적으로 살아온 사람의 무례함이 배어 있을 뿐이었다.

통화를 끝낸 요셉의 머릿속에 잊고 있었던 일들이 하나둘 떠올랐다. 성가대원들은 모두 젬마의 짝사랑에 대해서도 눈치를 채고 있었다. 알면서 모르는 척했을 뿐 아니라 은밀히 지켜보았다고도 할 수 있는데, 그녀가 없는 자리에서 즐겨 그것을 화제로 삼았기 때문이다. 로사가 젬마에게서 들은 고백을 고스란히 전달해준 뒤부터 그것은 더욱 노골적이 되었다. 그들은 젬마가 상처받지 않도록 가브리엘이 열심히 기도해줘야 한다는 식의 농담을 즐기기도 했다. 거기에는 계속 그녀의 비밀을 모르는 척 연기하자는 암묵적 합의가 깔려 있었다. 그런 태도가 그들이 스스로에게 부여하고 싶어하는 선의의 이미지를 가장하고 있을 뿐 젬마를 배려하는 태도는 아니라고 생각하는 건 요셉 혼자였다. 가브리엘의 난처한 듯한 웃음 뒤에 그 정황을 즐기는 도취감이 배어 있다고 느낀 것은 분명 질투 때문이 아니라고 자신있게 말할 수 있었다.

성가대원들이 함께 「정화된 밤」을 들을 때 젬마는 감상적인 눈빛으로 가브리엘만을 보았지만 요셉은 젬마만 바라본 것이 아니었다. 그녀를 흥미롭게 지켜보는 많은 시선들을 함께 보았고 젬마가 치르는 공정하지 못한 게임에 뛰어들어야겠다는 결연한 마음을 굳히게 된 것도 그때였다. 그러나 크리스마스이브의 강추위는 젬마뿐 아니라 요셉에게도 불시에 닥쳐온 일이었다. 젬마는 몰랐지만 그 일을 받아들이기까지 요셉에게도 몇가지 단계가 필요했는데, 거기에는 젬마가 생각보다 쉽게 자신에게로 마음을 돌린 것을 납득하는 시간도 포함되었다. 마음이 넓다는 가브리엘의 말이 기분 나쁜 것은 그 때문이기도 했다. 결혼의 단계를 밟을 때 요셉 자신도 자기에게 가장 필요한 것은 용기보다는 관대함이라고 생각했다. 일종의 정화의 과정이었다. 하지만 그것은 어디까지나 젬마와 요셉 둘만의 사적인 문제여야 했다.

5

그날 오후 젬마는 집안일을 대충 마치고 침대에 누웠다. 두통이 사라지지 않았다. 거실에서는 다니엘이 음악을 듣고 있었다. 여자친구와 통화를 하는 것 같더니 음악회에 함께 가기로 약속을 정한 모양이었다. 젬마는 두 손으로 관자놀이를 눌렀다. 머리가 아픈 것이 와인 탓만이 아니라는 생각이 들었다. 기억나지 않지만 아마 간밤에 취해서 울었던 게 분명했다. 가끔 있는 일이었다. 요셉은 오십을 앞두고 생긴 갱년기 증상이라고 일반화시키곤 했는데 그것은 젬마의 오래된 우울증에 대해 모르고 하는 말이었다. 젬마가 무척 단순한 사람이고 그녀의 모든 것을 잘 안다고 확신하는 요셉은 그 생각을 바꾼 적이 없었다. 요셉이 가브리엘과 통화하고도 그 사실을 그녀에게 알려주지 않은 건 아무래도 상관없었다. 요셉의 마음속 해묵은 오해가 문제였다. 그러나 요셉은 젬마를 이해해주려는 너그러움에 사로잡힌 나머지 그 너그러움이 필요 없다는 얘기에는 귀를 기울이지 않았다.

그 크리스마스 이후 요셉과 젬마는 3주 동안이나 미사 때에 영성체를 하지 못했다. 영성체를 하려면 먼저 고해소로 신부를 찾아가 죄를 고백해야 하는데 그들은 여관에서 있었던 일을 털어놓을 용기가 나지 않았다. 영성체 시간이 되면 성가대원들은 앉은 순서대로 일어나 신부 앞으로 나아가서 얇은 전병 모양의 성체를 받아 입에 넣었다. 요셉과 젬마 둘만 그대로 자리를 지키고 앉아 있는 건 눈에 띄었고 의혹을 사기 십상이었다. 젬마는 대학원 입시 때문에 바쁘다는 핑계로 주일미사에 빠지기 시작했다. 실제로도 하숙방에 이불을 쓰고 누워 있지 않으면 도서관에 나가 시간을 보냈다. 임용고시도 취직도 그녀와는 거리가 멀었고 그대로 있다가는 졸업식과 함께 부모에게 이끌려 지방으로 내려가야 할 처지였으므로 대학원 진학을 밀어붙이는 것 외에 방법이 없었다. 지방 출신 학생들이 대부분 그렇듯 그녀에게도 서울을 떠나는 건 자유가 없고 지겹기만 했던 청소년기로 되돌아가는 일이었다.

요셉은 저녁에 도서관 앞에서 젬마를 기다렸다가 하숙집에 바래다주곤 했다. 가끔은 함께 국수를 먹거나 클래식 다방에 들러 커피를 마시기도 했다. 젬마는 물론 공부에 집중하지 못했다. 책을 펴놓은 채 엎드려 자거나 휴게실을 들락거렸고 죄의식과 불안, 미래에 대한 잡념을 반복재생하며 위축감 속에 시간을 보냈다. 그러다가도 요셉이 나타나면 숨통이 트이고 당당해질 수 있었다.

임신이란 걸 알았을 때 젬마는 여관에서 깨어난 크리스마스 정오 무렵보다 오히려 침착할 수 있었다. 그녀는 처음 성당에 간 날 연습실 문을 두드리던 순간을 며칠에 걸쳐 곰곰이 되새겨보았다. 그날 감지했던 운명적 기운이 잘못된 게 아니라 단지 자신이 신의 뜻을 잘못 해석했던 게 아닐까. 그 깨달음을 얻기는 그다지 어려운 일이 아니었다. 그녀는 선택에 어려움을 겪는 대신 일단 자신에게 주어진 것에 의미를 부여하고 그것을 스스로에게 납득시키는 일에는 남다른 유연함을 갖고 있었다. 많이 울긴 했지만 눈물을 그쳤을 때는 마치 젖살이 빠진 뒤 걸음마를 시작한 아이처럼 약간 수척해진 채로 자신이 걸음을 내디딜 수 있는 방향을 똑바로 보려고 정신을 가다듬었다. 그리고 어느 순간부터는 자신이 인생에서 수동적인 태도를 버리고 선택에 의해 스스로 운명을 결정했다는 자각이 들기 시작했으며 거기에 대한 각별한 애정과 자부심을 갖기에 이르렀다. 그러므로 임신 사실은 더욱이 숨겨야 했다. 여자대학에서는 결혼이든 출산이든 모두 퇴학으로 이어지는 금기사항이었다. 졸업을 코앞에 두고 있어 상관없었지만 불순한 해석의 여지가 있는 일로 남의 입에 오르내리고 싶지 않았던 것이다.

혼인성사 때에 신랑 신부는 반드시 영성체를 해야 했다. 그들이 죄를 털어놓을 수 있는 신부는 젊은 안토니오 신부밖에 없었다. 안토니오 신부는 죄가 위중하다며 로사리오 기도 30번으로 보속하라고 말했는데 그 기도를 다 바치고도 젬마는 불안에 떨었다. 혼인성사는 식을 올리기 4주 전부터 성당 게시판에 두사람의 결혼을 알리는 안내문이 붙었다. 그 결혼에 이의가 있거나 이루어져서는 안 되는 이유를 알고 있는 사람은 반드시 신부에게 알릴 의무가 있었다. 젬마는 누군가가 그들이 결혼 전 순결의 서약을 깼다고 일러바칠 것만 같아 불안해했다. 결혼식날 그녀의 눈물은 성가족 탄생의 서사가 무사히 완결되어 배를 띄우게 된 진수식의 축포 같은 것이었다. 그녀는 성가대 한쪽에서 누군가가 가브리엘이 수태고지 천사이며 요셉은 마리아와 아이를 지키는 성가족의 가장이라고 농담하는 바람에 웃음이 터졌던 것은 전혀 알지 못했다.

6

「정화된 밤」은 다섯 악장으로 이루어져 있다. 두대씩의 바이올린과 비올라, 첼로가 연주하는 6중주곡이다.

제1장 매우 느리게

차가운 달밤. 두사람이 잎이 진 황량한 겨울 숲속을 걷고 있다. 달빛은 두사람을 비추며 따라오고, 하늘은 달빛을 가릴 구름 한점 없이 유리처럼 얼어붙었다.

제2장 장황하게

여자가 말한다. 나는 아이를 가졌어요. 당신의 아이가 아닙니다.

당신과 나 자신에게 죄를 지었지요. 사랑하지도 않는 남자에게 몸을 맡겼고 그 낯선 이에게 안겨 환희를 맛보았어요. 하지만 이제 삶이 나에게 복수하기 시작했군요. 당신을 사랑하게 되었으니까요.

### 제3장 묵직하고 빠르게

숲은 차갑고 조용하다. 달빛은 여전히 두사람을 따라오고 있다. 여자의 발소리는 침묵 속에 점점 더 무거워진다.

### 제4장 매우 웅장하며 느리게

남자가 말한다. 우리는 얼어붙은 호숫가를 걷고 있어요. 하지만 보세요, 세상은 달빛으로 가득 차 있죠. 그 온기는 당신이 품은 낯선 이의 아이를 정화시킵니다. 당신은 나를 위해서 그 아이를 우리의 아이로 낳게 될 것입니다. 당신은 내게 빛을 주었어요. 그 빛으로 나 자신을 정화된 아이로 만들었습니다.

### 제5장 아주 조용하게

둘은 걸음을 멈추고 입맞춤한다. 밤의 숲이 검게 흔들린다. 그들의 그림자는 깊고 어두운 숲 가운데를 향해 조용히 사라져간다.*

음악회가 끝난 뒤 다니엘과 엄지는 맥줏집에 갔다. 엄지가 배가 고프다며 감자튀김과 생맥주 두잔 세트 외에 치즈구이를 추가로 주문했다. 다니엘은 아르바이트 시간을 바꾸면서까지 음악회 같은 데에 가야 하느냐는 엄지의 말이 신경 쓰였지만 다행히 그녀는 만

---

\* 쇤베르크 「정화된 밤」의 내용을 축약함.

194

족한 눈치였다. 클래식 연주회는 처음이었는데 악기 소리가 그렇게 다양한 감정을 표현하는 줄 몰랐다며 신기해했다. 악기가 바로 등장인물의 캐릭터거든. 클래식 들을 때는 악기들이 어떤 소리를 내는지 구분해서 들어야 해. 다니엘은 요셉에게서 들은 말을 옮기며 알은척을 했다. 엄지에게 음악회에 가자고 전화를 했던 날 젬마는 거의 종일 침대에 누워 있더니 저녁나절 극장에 가겠다며 혼자 외출했다. 전에 없던 일이었지만 요셉은 흔쾌한 표정으로 자기 시간을 가지라고 말해주었다. 요셉과 다니엘은 모처럼 둘이서 저녁 시간을 보내게 되었다. 요셉은 다니엘의 휴학과 아르바이트 등 여러가지 일에 대해 물었고 엄지와 함께 음악회에 가게 됐다고 하자 자청해서 감상 포인트를 설명해주기도 했다. 그 음악의 진정한 주제는 첼로 파트의 관대함이라는 게 요지였다.

음악회 해설자도 그와 비슷한 설명을 했다. 엄지는 그 해설이 마음에 들지 않는 모양이었다. 그나마 다행인 것은 몇번인가 잠들 뻔했는데 중간중간 해설자의 목소리에 확 깨더라는 거였다. 그 교수님 생긴 것도 그렇고 목소리도 너무 느끼했어. 계속 남자의 포용으로 아름답고 위대한 사랑이 탄생했다 그러는데, 완전 그 반대 아니야? 반대라고? 다니엘이 되묻자 엄지가 고개를 끄덕였다. 응. 여자가 당당하게 과거를 밝히고 남자에게 네 태도를 정해라, 그러는 내용이잖아. 결국 남자는 아이를 떠맡으면서 여자를 붙잡는 거고. 남자가 봐주는 게 아니라 여자가 끌고 가는 상황이라구. 엄지는 자신의 목소리가 커진 것을 깨닫고 목소리를 조금 낮췄다. 근데 난 그 여자와 남자가 그뒤에 어떻게 됐는지 궁금해. 잘은 모르지만 음악은 뭔지 좀 불길하게 끝나지 않았어?

다니엘이 검색해본 글에도 그런 내용이 있었다. 그 시를 관대한 남자의 사랑 혹은 여자의 과거가 깨끗이 정화되고 두사람이 행복하게 살았다는 얘기로 해석하는 건 너무 단순하다는 거였다. '임신한 여성과 겨울의 달이라는 조합은 분명히 광기로 흐를 위험성을 시사한다' '그뒤 이 남자는 여자의 손에 이끌려 광기의 세계로 휘말린다'*는 문장도 기억이 났다. 그 문장을 들려주자 엄지의 눈이 커졌다. 뭐야 그럼, 이해한다고 해놓고 나중에 복수하는 거야? 뭐가 이렇게 온통 막장이냐. 너희 부모님은 이런 내용을 다 아시는 거니? 연애할 때 듣던 음악이라며. 다니엘이 대답하기도 전에 엄지의 얼굴에 짓궂은 웃음이 떠올랐다. 아, 알았다. 네가 그 정화된 아이구나, 그치? 다니엘은 술잔을 들어 그녀의 잔에 부딪쳤다. 그의 얼굴에도 웃음기가 어려 있었는데 그것은 요셉과 단둘이 있던 날 들었던 부모의 결혼 스토리가 떠올랐기 때문이었다.

엄지는 가방 속에서 팸플릿을 꺼내 탁자 위에 올려놓고 뒤적거리기 시작했다. 다니엘이 생맥주 두잔을 더 주문했다. 엄지가 손가락으로 줄을 그어가며 팸플릿 속의 문장을 또박또박 읽었다. '그이후 작곡가는 낭만주의에서 무조음악으로 넘어갔다. 무조음악이란 하나의 지배음에 대한 다른 음의 종속관계, 즉 조성의 법칙

*서경식 『나의 서양음악 순례』 창비 2011.

196

을 부정하는 음악이다. 그는 인터뷰에서 이렇게 말했다. 무조음악은 혁명이 아니라, 과거가 필연적으로 나아가게 되는 도착점이다.' 엄지는 무슨 뜻인지 모르겠다는 듯 눈썹을 가운데로 모았다. 포크로 감자튀김을 찍으면서도 팸플릿에서 눈을 떼지 못하고 있었다. 그러다가 한순간 그것을 탁 덮더니 입술을 내밀고 고개를 설레설레 저으면서 으쓱대듯 말했다. 낭만주의자들은 너무 가식적이야. 왜 정화해야 돼? 어차피 다들 자기가 하고 싶은 대로 할 거면서 핑계 만드는 거잖아. 다니엘이 대꾸했다. 너는 핑계 필요 없냐? 남의 말에 신경 안 써? 응, 안 쓰는데. 너 왕따 안 당해봤구나. 그 말을 한 뒤 다니엘은 다시 또 피식 웃었다.

　그가 부모의 결혼 스토리에서 감정이입한 역할은 요셉도 젬마도 아니었다. 그 스토리는 어쩌면 당시에 그들이 믿었던 신이 성가대의 두 왕따를 맺어주기까지의 고생담일지도 모른다는 생각이 들었기 때문이었다. 신도들이 자신의 이름을 부르며 서로 다른 내용의 기도를 할 때 신은 어쩔 수 없이 해피엔딩을 위한 상상력을 쥐어짜야 할 것이다. 그때는 몇년 뒤에 그토록 머리를 짜내서 만들어놓은 성가족의 서사에서 자신의 자리가 사라져버릴 줄은 꿈에도 몰랐을 것이다. 다니엘은 종업원이 새로 가져온 술잔 중 한개를 엄지 앞에 놓아주었다. 뭔가 골똘히 생각에 잠겨 있던 엄지는 허공을 향해 속삭이듯 가만히 중얼거렸다. 필연적으로 나아가게 되는 도착점. 그러고는 손을 뻗어 경쾌하게 맥주잔을 잡으며 싱긋 웃었다. 더 좋아진다는 뜻이겠지?

| 해설 |

# 소설의 스토아주의가 삶을 존중하는 방식

황정아

　잘 빚어진 소설의 세계는 어떤 완결의 인상을 남긴다. 삶이란 바로 이런 것이지 하는 느낌이다. 언제 사라져버릴지 모르고 또 대개는 곧 사라져버릴 것이지만 한순간 분명한 진실로 존재하는 이 느낌은 무척 쓸쓸하면서도 마음을 채워준다.『중국식 룰렛』의 한 대목을 빌리자면 "텅 빈 완성"(61면)이 갖는 역설적 밀도이다. 여기에 이를 수 있다면 삶이란 견뎌볼 만한 것일까. 비워짐의 상태로 채워준다고 할 이 묘한 감흥은 이를테면 숱한 별이 흩뿌려진 가운데 한없이 비어 있는 우주공간의 이미지와도 유사하다. 소설과 별의 조합은 곧장 루카치의『소설의 이론』의 유명한 첫 구절을 연상시킨다. 루카치의 말에 따르면 소설은 밤하늘의 별자리가 길잡이였던 시대가 지나고서야 등장한 장르다. 소설은 간신히 생겼다가 사라질 한번의 깜박임을 담을 뿐이며, 그 깜박임은 아마도 우리를 이끄는 대신 더욱 헤매게 할 것이다. 그런데도 어쩐지 우리는 좀더 헤매어볼 용기를 얻게 된다. 소설의 인물들이 크고 작은 실패로 삶을 감내한 덕에 발생하는 이 희미한 깜박임은 분명 소설이라는 서사 형식을 고전으로 만들어준 한가지 미덕이다.

대체로 은희경의 소설에서 한번 깜박이는 순간의 삶의 밀도를 실감하는 것은 독자에게나 주어진 호사이다. 이런 삶이 아니어야 했는데 결국 이런 삶이 되어버렸어,라는 희미한 탄식이 어울릴 인물이 그녀의 소설에 여전히 많기 때문이다. 자주 이야기되는 서늘한 냉소와 냉엄한 진단은 이를 달리 가리키는 표현일 것이다. 서늘함과 냉엄함의 형식이 공백에 가까우나마 완결된 한 세계를 돌려주려는 노고의 흔적임은 새삼 지적할 필요가 없다. 은희경의 소설에 그려지는 한에서 인물의 헛된 감정과 잘못된 인식과 얕은 반성마저 하나하나 존중받고 있다고 말할 수 있다.

하지만 다시 생각건대 '완결의 인상'이란 어쩌면 은희경의 소설을 곡해하는 부적절한 표현에 불과할지 모른다. 『중국식 룰렛』의 소설들이 완결의 인상을 자아내는 이유는, 다시 말해 폐쇄와 정체가 아닌 어떤 완성처럼 느껴지는 이유는, 사실 그 안에 미세하게 어긋나는 다른 종류의 흐름이 마련되어 있기 때문이다. 구원이나 희망 같은 단어와는 어울리지 않을 이 흐름은 엇박자나 오작동처럼 보이기도 한다. 다소 엉뚱하게 비견하자면 그것은 "알 수 없는 이유로 전기가 흐르는 다른 길이 더 생겨나"(「별의 동굴」 153면) 규칙적인 심장박동을 교란하는 '부정맥'과 같다. 그러나 때로 이 흐름이 선명해지면서 "갑자기 바람의 방향이 바뀌고 구름 모양이 변하며 눈과 비가 쏟아지고 번개가 번쩍"(「불연속선」 137면)이는 뚜렷한 '불연속선'이 생성되기도 한다.

　어느 쪽이든 이 미묘하게 이질적인 흐름으로 인해 소설은 구조의 견고함을 훼손하지 않은 채 내부를 향해 개방될 수 있다. 그러니 앞서 말한 '삶은 이런 것이다'에 덧붙여져야 할 소감은 '삶이란 반드시 그런 것만은 아니다'라는 느낌이다. 엄격해 보이는 은희경의 소설이 삶에 선사하는 또다른 존중의 방식은 그러한 것이다.


　표제작 「중국식 룰렛」은 불운과 행운, 잔인한 운명과 악의에 관한 이야기인 듯 서두를 뗀다. 라벨을 숨긴 채 세개의 잔에 든 술을 한모금씩 맛보게 한 후 그중 하나를 택해 동일한 가격에 주문하게 하는 K의 독특한 술집 운영방식부터가 운의 시험으로 소개된다. K의 막다른 운명에 관한 언급, '나'와 K의 불편한 관계에 관한 암시, 어딘지 울적하거나 수상쩍어 보이는 그날의 마지막 두 손님, 무엇보다 밤의 술집에 모인 네명의 남자라는 설정은 다분히 연극적이며 헤밍웨이식 하드보일드를 위한 무대처럼 보인다.

　같은 제목의 라이너 베르너 파스빈더의 영화에서 '중국식 룰렛'은 상대팀에 질문을 던짐으로써 그들이 이쪽 팀의 누구에 대해 생각하는지 알아맞히는 방식의 심리전 혹은 진실게임으로 나온다. 소설에서도 시간이 흐르면서 술집의 네 남자를 연결시키는 고리가 실은 진실과 연루되어 있음이 드러난다. 아르마니 양복을 빼입고 해박한 척하는 청년의 위스키 지식은 얄팍하고 부정확하며 결국 그가 정보를 얻으려고 거짓을 동원한 것이 탄로난다. 불운을 한탄하는 중년 남자의 제스처 또한 복에 겨운 가식이나 허위에 가까운 것으로 판명된다. 중년 남자의 실패한 성적 향락에 등장한 여인은 '나'에게 K로 인해 자신을 떠난 아내를 연상시키며 '나'는 K가 아내에 관한 진실을 일러주려고 이 남자를 불러들였는지 근거 없이 의심한다. 따지고 보면 라벨을 감추고 위스키를 주문하게 하는 K의 방식 역시 운보다는 진실과 더 관련되는지 모른다. 세상의 편견에 휘둘리지 않고 오로지 자신이 원하는 바, 자신의 취향이 가리키는 진실만을 따르도록 유도하기 때문이다. 그것은 K가 '나'에게 무엇보다 바라는 바이기도 하다.

  네사람이 실제로 벌인 진실게임은 결국 그들 각자가 원하는 진실에 확실히 가닿지 못한 채 끝난다. '나'의 본심을 확인하고 싶은 K에게 '나'는 아내를 사랑하며 K를 알게 된 것이 가장 후회스럽다고 답한다. 그러나 여기에는 하나의 비틀림이 개입한다. "당신의 정직성에 점수를 매긴다면 1에서 9 중 몇입니까?"를 질문하는 K에게 '나'는 "5"라고 답한다. 그러니 K가 이 게임에서 기대야 하는 것은 '나'의 진실이 아니라 '나'의 거짓이다. '나'는 K로부터 계속 도망치면서도 거짓의 흔적을 통해 그에게 닿는다. 수상한 기운으로 이어지던 이 진실게임 자체가 K가 꿈꾸던 마지막 파티였다. 그래서일까. 곧 K를 찾아올 죽음의 "영혼"(spirit)이 "천사의 몫"을 허락

하기를 바라는 '나'의 기원만큼은 더없이 진실해 보인다. 이 소설 곳곳에 스민 위스키향은 독자에게 허락된 '천사의 몫'이다.

두 남녀의 이야기가 교차편집된 「장미의 왕자」에서도 세상의 거짓과 나의 거짓, 우연과 암시, 그리고 운명과 비극이라는 단어들이 먼저 눈길을 끈다. 남자와 여자를 이어주는 것은 여자가 일하는 찻집에 한 손님이 두고 간 수첩밖에 없다. 그 수첩은 남자가 고른 것이다. 어느 추운 밤 사랑의 좌절에 오래도록 눈물 흘린 여자의 모습이 버스 속 남자의 시선에 무심코 들어온다. 이들은 여러모로 다른 사랑을 하고 또다른 방식으로 그 사랑을 끝낸 참이다. 여자는 아무에게도 눈에 띄지 않기를 바랐으며 홀로 숭배한 상대가 자신을 알아보지 못하자 이제 "나라고 하는 함박눈이 미친 듯이 내려서 귀퉁이에 홀로 쌓여 있다가 흔적도 없이 녹아버"리기를 바란다. 남자에게 사랑은 "처음부터 비어 있었던 나의 내부에 아무것도 채우려 하지 않았"던 상대와 더불어 "허무를 향해 한없이 수렴해가는 단순함의 군무 같은 것"으로 기억된다. 여자에게는 아무것도 실제로 시작되지 않은 것이 사랑이었다면 남자에게 그것은 시작되었다 한들 아무것도 이루어지지 않는 것이었다.

그러나 이 명백한 평행선은 만나지 않는다는 바로 그 이유로 연결되며 각자 이야기의 비어 있는 지점을 채운다. 한 여자와 또다른 남자, 혹은 한 남자와 또다른 여자라는 이 어긋남이야말로 사랑의 순수한 형식일까? 제목이 된 '장미의 왕자' 이야기가 여자에게 초라한 자신을 위로하는 기제이듯 남자에겐 울타리 밖으로 나가 자신의 맨얼굴과 대면하는 일을 나타낸다. 실패한 사랑이 남자에게 오래 운 흔적이 역력한 여자의 모습을 떠올리며 "그 여자가 돌아갈 집은 춥지 않았으면 하는 생각이" 들게 했다면, 여자에게 사랑의 실패는 아무렇게나 트렁크를 채워 집을 뛰쳐나올 충동을 부추긴다. 그녀가 수첩에 끼워져 있던 남자의 명함을 집을 것인가 아닌가는 아마도 다른 이야기에 속하는 문제일 것이다.

아련하고도 위태로운 성장기의 풍경을 앞자락에 깐 「대용품」에서 J는 정밀 지능검사를 받으러 가는 길에 버스 사고로 단짝을 잃는다. 친구는 멀미를 하는 J에게 자기 자리를 내주었고 죽은 친구의 벗겨진 신발은 의식을 잃은 J의 발에 잘못 신겨진다. '진짜'였던 친구에 비하면 "조명이 꺼졌을 때 대용품은 될 수 있을지 몰라도 세상을 밝히지는 못하는 존재"로 일찌감치 스스로를 정의한 채 J는 "그 정도가 자신의 자리"임을 엄격히 고수한다. 여기에는 어린 그의 재능을 둘러싼 "아버지의 거짓과 부당한 욕망"에 대한 반발이 담겨 있으나 그것이 전부는 아니다. 사고가 일어나기 전날밤을 떠올리는 어린 그의 내면은 이렇게 묘사된다. "그 밤 이후 많은 것이 변했다. 그중에 소년이 진정으로 원한 변화는 아무것도 없었다. 그럼에도 그날밤 자신이 소원했던 모든 일이 이루어졌다는 사실 때문에 소년은 혼란에 빠져 있었다"고. 그가 소원했던 '모든 일'에 지능검사를 받고 싶지 않다는 것만 들어 있었을 리 없고, 따라서 고독으로 정착된 그의 혼란에는 죄의식이 배어 있을 것이었다.

소년 시절 J와 친구가 함께 좋아했던 '그녀'를 우연히 만난 후 오래 눌러둔 "알 수 없는 혼란과 슬픔"이 J에게 다시금 치밀어오른다. "사람마다 다 정해진 자리가 있"고 "우린 그 자리에 있는 거"라는 논리로 그 혼란과 슬픔을 영원히 잠재워둘 수는 없다. '대용품'이란 무엇보다 정해진 자리가 없는 존재를 가리키므로 그것으로 자기 삶의 자리를 정의한다는 건 애초에 성립되지 않는 일이다. J가 참을 수 없는 복받침으로 고독의 자세를 흐트러뜨릴 때 소설은 "그러는 동안에도 그의 차는 언제나처럼 앞뒤의 차와 일정한 거리를 지키고 있었다. 마치 안전거리를 유지한 채 도망 다니는 사람 같았다"고 끝맺는다. 이 결말은 공감을 차단하는 신랄함일까? 그러나 우리는 또한 J가 스스로를 대용품으로 여겼기에 그의 아버지 같은 어른이 되지 않을 수 있었음을 알고 있다. 그 때문에 여태 "욕망과 거짓을 잘 다루게 되는 일"이 없었다는 것도 알고 있다. 이 '안전거리'는 그의 위선의 증거가 아니라 그에게 허락되어야 할 최소한의 삶의 분량으로도 읽힌다.

「불연속선」의 남자는 여러모로 「대용품」의 J와 닮아 있다. 자기실현이라거나 인정욕구처럼 흔히 삶의 목표가 되어 마땅하다고 여겨지는 것들과 무관한 유형으로, 이들에겐 삶의 흔적을 가능한 줄이며 살아가는 것이 수행의 과제인 듯이 보인다. 이 남자의 경우 사진작가라는 비교적 고립이 용이한 직업이 있으니 J보다는 조금 운이 좋은 셈일까. "자신이 아는 범주 안에서 작은 규모로 삶을 꾸려나가는 합리적인 사람"임을 자처해온 그의 삶에 공항에서 바뀐 가방 하나가 불연속선을 긋는다. 정리할 수 없는 가방이 동선을 방해하고 그 안에 든 알람시계가 기상시간에 혼선을 빚어내면서, 불현듯 그는 "자신이 아는 것만을 상대해왔으며" 알지 못하는 일에 직면한 순간조차 "뭔가를 선택한 것이 아니라 최대한 몸을 움츠린 채 시간의 불연속선 위를 떠밀려왔는지" 모른다는 생각과 마주친다.

가방 자체보다 더 그를 자극한 것은 가방이 바뀌었는데도 도무지 연락이 닿지 않는 상대편이다. 알고 보면 그 상대편이 소설의 화자인 '나'이며 그의 이야기는 '나'의 이야기에 감싸여져 있다. 바뀐 가방을 집으로 들이며 시작된 그의 이야기를 전하기에 앞서, '나'는 죽어가는 남편을 버려둔 채 피난길을 이어야 했던 할머니의 보자기를 말한다. "몹시 집중되고 엄중한" 선택을 거쳐 가장 소중한 것들만 담았던 그 보자기는 "의무적이고 고단한 삶이었지만 또한 언제나 공허했"던 할머니의 일생과 함께했다. 보자기에 담긴 "가장 소중한 것들"은 정작 거기 담을 수 없었던 더욱 소중한 것을 연상시키며 삶의 공허를 더욱 도드라지게 했을 것이다. 반면 편의점의 일용품들로 급히 채워진 '나'의 가방은 결국 '나'를 죽음에서 유예시켜 삶으로 돌려보내고 그를 자기 삶과 대면하게 해주었으며 무엇보다 두사람을 만나게 해주었다. 여기에 어떤 필연성은 없다. 그러니 이 이야기는 문자 그대로 '불연속선'에 관한 것이고, 그 선이 가리키는 대로 이끌릴 도리밖에 없다.

「별의 동굴」에도 규칙적이고 단출한, 반경을 축소하고 동선을 줄인 거의 수도승적인 생활을 지향하는 인물이 주인공이다. 집안의 긍지였던 형이 이민을 가면서 "그늘에만 머물던 그의 인생을 트랙으로 불러낸" 어머니에 의해 그 또한 '대용품' 비슷한 삶을 배정받았다. 박사 논문을 미처 완성하지 못하고 학계의 시스템에 어정쩡하게 얹힌 처지인데다 학계 바깥의 세계에는 더더욱 편입되지 못한 채로도, 그는 "자기 방식대로 삶을 관리해왔고 거기에 대해 일정한 비용을 치르고 있다는 자부심이" 없지 않았고 "욕망을 조절하면 자존심을 지킬 수 있"다고 믿는다. 그의 원룸 오피스텔 벽을 가득 채운 책들이 이런 자존에 대한 물리적 지지대일 것이었다. '비정규직 대학원생'이라는 것이 그에게 내려질 가장 흔한 사회적 규정일 테지만, 이 이야기에서 그의 삶에 불연속을 야기하는 것은 딱히 '사회적인' 무언가가 아니다.

심각한 부정맥 증상으로 수술 날짜를 잡은 그는 언제나처럼 "자신을 둘러싼 삶의 울타리를 좀더 안쪽으로 옮"기는 것으로 대응하려 한다. 관심을 갖고 다가온 부동산 사무실의 여자와 술을 마시며 자기 삶의 운명적 암시가 되기에 썩 어울리는 어린 시절의 일화를 들려주기도 하지만 그녀는 귀담아듣지 않는다. 취한 채 집으로 돌아온 그는 부득이 처분할 작정으로 바닥에 흩어놓았던 책 무더기를 보며 새삼 충격을 받는다. 삶에 내적 필연성을 부여해줄 서사는 스스로도 믿지 못할 만큼 공허했으며 자부심을 떠받쳐줄 수많은 책들은 이제 함부로 무너져 "허세에 찬 그 인생을 얼마나 위태로운 마음으로 지키려 애써왔는지 고스란히 보여주"었다,고 그는 느낀다. 분명 이런 것들이 그의 삶에 핵심적인 진실일 것이다.

하지만 그것이 진실의 전부이며 최종적으로 완결된 진실인가. 여기서 무엇보다 그 자신이 진실의 발견자라는 점이 중요하다. 진실을 정면으로 바라볼 수 있는 한 해당 진실은 삶의 전부가 아니라는 것이 물리적 법칙이다. 마지막에 배치된 '별의 동굴'도 이 법칙을 뒷받침한다. 인류 최초로 유골을 안치한 동굴 이야기를 읽으며 그는 "바닥에 흩어진 것처럼 보였겠지만 누군가의 애도에 의해 그들이 살았던 생의 내용과 그 질서를 전해주었을 화석들"을 상상한다. "먼 훗날 그해 여름을 별의 동굴이란 말로 기억할지도 모른다"고 생각하는 그는 책의 동굴에서 영혼의 유골과 대면한 그 무자비한 시간을 이미 통과한 다음이다.

마지막 이야기 「정화된 밤」은 희극이라기엔 조금 잔인하고 비극이라기엔 너무 세속적인 인생을 향한 냉소 섞인 농담처럼 보인다. 어리숙하며 눈치 없는 가운데 감상적이고 '자기 생각'이 강한 젬마와 고지식하고 자기중심적인데 또 너그러운 인간이고 싶어하는 요셉은 비교적 무난한 결혼생활을 유지한다. 젬마는 애초에 '모두의 연인' 유형인 성가대 지휘자 가브리엘을 흠모했으나 '정화된 밤' 크리스마스에 생긴 아이 다니엘 때문에 요셉과 결혼에 이른 것이었다. 문제는 그 밤을 계기로 이루어진 '정화'를 두고 각자의 해석이 다르다는 점인데, 음대 교수가 된 가브리엘이 음악회 초대장을 보내오면서 이 차이는 불편한 갈등으로 전화한다.

감상적인 젬마는 바로 그 덕분에 요셉과의 뜻하지 않은 인연에 재빨리 의미부여를 할 수 있었다. 그녀에게 '정화'란 그렇듯 운명이 자신에게 전한 메시지를 교정해서 접수하는 일이었다. 한편 요셉에게 '정화'는 너무 쉽게 마음을 돌린 듯이 보이는 젬마를, 혹은 젬마가 그렇듯 너무 쉽게 마음을 돌리는 인물임을 너그러이 받아들이는 일이었다. 두사람의 해석은 그들의 자아만큼이나 한정되고 자의적이지만 각자의 수준에서 도달할 수 있는 만큼의 '정화'도 없지 않다. 모두가 한때 즐겨 들었던 쇤베르크의 「정화된 밤」 역시 해석이 분분하지 않은가. 결국 젬마와 요셉 대신 음악회에 가게 된 다니엘과 그의 여자친구는 두개의 '정화된 밤', 곧 쇤베르크의 음악과 다니엘 부모의 결혼에 대해 이야기를 나눈다. 여기서 그들의 결혼 스토리를 해석할 제3의 시각이 도입된다. "그 스토리는 어쩌면 당시에 그들이 믿었던 신이 성가대의 두 왕따를 맺어주기까지의 고생담일지도 모른다는" 다니엘의 상상 덕분에 젬마와 요셉의 애매한 스토리는 다시금 '정화'되고 만다.

의미를 가진 세계는 붕괴했고 내면을 가진 개인은 사라졌다, 이렇게 믿는 소설들이 많아지는 것처럼 보인다. 소설 아닌 다른 무엇이 되기를 욕망하는 소설들이 늘어나는 지금, 『중국식 룰렛』은 그 안의 몇몇 인물이 그러하듯이 오히려 '울타리를 더 안쪽으로 옮기고' 있는지 모른다. 덜어낼 것을 덜어내면서 묵묵히 소설임을 견디는 것. 여섯편의 소설에서 위스키, 수첩, 신발, 가방, 책, 음악 같은 '모티프'들은 그 견딤을 위한 최소한의 장치다. 이를 소설의 스토아주의라 불러도 무방하지 않을까. 소설 속의 금욕적 인물들이 최소한의 매뉴얼과 반경으로 삶을 축소하고자 했던 건 관습적인 삶을 원해서가 아니라 관습대로 살기를 거부했기 때문이다. 은희경의 소설이 삶에 엄격하다면 그것은 삶이란 변화할 수 없음을 입증하기 위해서가 아니라 언제나 이미 같은 것일 수 없음을 포착하기 위해서이다. 소설의 스토아주의는 그런 방식으로 삶을 존중하고 있다.

黃靜雅 | 문학평론가

아침에 일어나 맨 먼저 하는 일은 커튼을 여는 것이다. 친구를 만나 맨 먼저 하는 건 웃음을 짓는 일이다. 책상에 앉아 가장 먼저 하는 일은 도망치고 싶어하는 것, 그래서 재주 없고 심약한 나를 설득하는 일이다. 지금까지 해왔으니 앞으로도 할 수 있다는 말은 통하지 않는다. 내가 소심한 사람답게 빈틈없는 비관주의자이기 때문이다. 그렇다고 행운을 바라기에는 지은 죄가 좀 많고. 속수무책인 나를 여러차례 깜짝 방문해주었던 영감을 다시 청하기에는 내가 또 기회균등을 믿는 순진한 사람 아니던가. 이렇게 쓰지 못할 이유에 대해 공상을 계속하다가 문득 깜짝 놀라는 순간이 있다. 뒤통수 쪽에서 '그렇다면 쓰지 않아도 됩니다'라는 싸늘한 목소리가 들려오는 것이다. 그러면 나는 조명이 꺼져버린 무대에 혼자 남겨진 사람처럼 막막하고 슬퍼진다. 그래서 시무룩한 표정으로, 막막하고 슬픈 이야기를 상상하기 시작한다.

하지만 이 소설집 원고를 정리하다가 내가 조금 변했다는 걸 느꼈다. 어둡고 답답한 실내의 구석에 희미하나마 작고 하얀 빛의 웅덩이를 만들어놓았다. 우리 모두 뒷걸음질치다가 거기에 빠지기를. 온몸을 감싸안는 다정한 부력이 기다리고 있기를. 어쨌거나, 이 책의 마지막 문장은 "더 좋아진다는 뜻이겠지?"이다.

멀게는 8년 전부터 올봄에 쓴 소설까지 한권으로 묶었다. 일종의 '표제소설'이라고나 할까. 술, 옷, 신발, 가방, 책과 사진, 음악. 늘 가까이하는 사물들에 관한 여섯개의 이야기이다. 친근한 사물들이 어떤 낯선 이야기를 품고 있을지 상상해보는 게 재미있었다. 그중 「장미의 왕자」는 『GQ KOREA』의 별책부록으로 기획되었고 「불연속선」은 처음에 0914 갤러리의 「가방탐독전」에서 그래픽디자인과 콜라보 형식으로 전시되었다. 새로운 경험이었으므로, 좋아하는 걸 자유롭게 시도하고 멋도 부려보았다. 가장 재미있었던 건 말하나 마나 술. 그 반대편에는 어쩔 수 없이 책. 그 둘은 내 일상에 장착된 천칭의 두 접시이기도 하니까.

「중국식 룰렛」을 쓰다가 박경리 선생님의 부음을 들었다. 5월 제주에서 당일 항공권을 구하기 어려워 아주 긴 밤을 보냈다. 가까스로 장례식에 참석하고 돌아오니 소설이 다르게 보였다. 존엄한 죽음의 연기를 쐰 내게 짧은 순간이지만 초연함이 깃들었다. 「별의 동굴」은 가까운 이가 오랫동안 해왔던 공부를 그만두었다는 말을 듣고 구상하기 시작했다. 그 무렵 나와 그녀 둘 다에게 냉정함과 격려가 필요하다고 생각했다. 쓰는 도중 갑자기 내가 병원에 입원 하게 되어서 두 이야기가 만났다. 「불연속선」에서 가방과 사진이 만난 것은 사진작가 류석주 씨의 습식촬영 덕분이다. 흑판 위에 새 겨진 내 얼굴이 너무 고통스러워 보여서 깜짝 놀랐다. 나의 내부에 숨겨져 있던 상처의 원형에 직면한 듯한 놀람과 그걸 수긍하는 데 에서 오는 안도감이 그 소설을 이어서 쓰게 해주었다. 「정화된 밤」 은 세번을 시작했다가 도중에 포기했던 이야기였다. '하지만 그 수 상한 음악은 꼭 써주셔야 할 텐데'라는 바이올리니스트 조진주 씨 의 무심한 한마디에 도움을 받았다. 「대용품」을 쓰는 중에 2014년 4월 16일의 날벼락이 닥쳤다. 어쩌면 내가 조금쯤 변한 이유일지 도 모르겠다. 좋게 변했을까. 좋다는 게 뭔지는 잘 모르지만 변하는 건 좋다고 생각한다. 현재의 이곳이 여러모로 좋지 않은 건 확실하 므로.

충분히 준비가 되었다고 생각할 때 쓰기 시작하지만 매번 다른 걸 쓰게 된다. 쓰고 있는 동안 겪게 되는 우연한 일들이 소설 속으 로 들어오기 때문이다. 우연이라고만은 할 수 없다. 가장 예민하고 집중되고 절실한 상태의 작가가 눈앞의 한 순간을 포착한 뒤 자신 이 원하는 대로 편집하고 가공하는 방식일 것이다. 그것이 늘 좋은 결과를 가져다주지는 않는다. 하지만 거기까지이다, 내가 내 인생에 개입하여 그것을 주도하는 것은. 모르는 채로 이 배를 띄워 보낸다. 눈밝은 편집자가 군데군데 뒤틀린 돛을 수선해주었다. 나는 뒤돌아보지 않을 테지만, 기왕이면 콧노래라도 부르면서 가주었으면 싶다.

2016년 6월

은희경

# 중국식 룰렛

초판 1쇄 발행 • 2016년 6월 30일
초판 9쇄 발행 • 2022년 7월 19일

지은이/은희경
펴낸이/강일우
책임편집/김선영
조판/황숙화
펴낸곳/(주)창비
등록/1986년 8월 5일 제85호
주소/10881 경기도 파주시 회동길 184
전화/031-955-3333
팩시밀리/영업 031-955-3399 · 편집 031-955-3400
홈페이지/www.changbi.com
전자우편/lit@changbi.com

ⓒ 은희경 2016
ISBN 978-89-364-3740-4 03810